강한 금강불괴 되다 5

김대산 현대 판타지 소설

초판 1쇄 찍은 날 § 2019년 10월 25일
초판 1쇄 펴낸 날 § 2019년 11월 1일

지은이 § 김대산
펴낸이 § 서경석

총괄팀장 § 노종아
편집책임 § 강민구
디자인 § 소소연

펴낸곳 § 도서출판 청어람
등록번호 § 제387-1999-000006호
등록일자 § 1999. 5. 31
어람번호 § 제1-3059호

주소 § 경기도 부천시 부일로 483번길 40 서경B/D 3F (우) 14640
전화 § 032-656-4452 팩스 § 032-656-4453
http://www.chungeoram.com
E-mail § chungeorambook@daum.net

ISBN 979-11-04-92079-0 04810
ISBN 979-11-04-92031-8 (세트)

강한 금강불괴 되다

5

김대산 현대 판타지 소설

청어람
도서출판
람

강한
금강불괴 되다

Contents

제8장

영업비밀

세 장

다시 한 게임이 끝나고 딜러가 새롭게 카드를 배분하고 있다.

[♣K ♠K ♥K]

K 트리플. 세 장으로만 보면 강 선생이 오늘 받은 패 중에서 가장 좋다. 물론 그 혼자 좋아봤자 별 의미는 없지만. 그는 담담하게 ♥K 한 장을 오픈한다. 그런데 힐끗 체크한 상대의 표정이 설핏 굳었다가 풀리는 중이다.

[◆A]

상대가 오픈한 카드다. 순간 강 선생은 가볍게 이는 내심의 격동을 가만히 추스른다. 드디어 기다리던 순간이 온 것 같다. 완벽한 승부의 순간, 최후의 한 판. 짜릿한 전류처럼 발동한 초감각이 그걸 일깨워 주고 있다.

네 장

딜러가 조 대표의 패에 네 번째의 카드를 오픈한다. ♠A다. 그래서 바닥에 깔린 액면으로 A 원페어!

[(? ?) ◆A ♠A]

조 대표의 눈빛이 다시금 가볍게 흔들리는 것을 강 선생은 그저 무심하게 스쳐 본다. 이어 그의 패에도 오픈 카드 한 장이 배분된다. ◆K다. 액면 K 원페어! 그러나 벌써 K 포 카드 메이드다.

[(♣K ♠K) ♥K ◆K]

강 선생의 내심으로 살짝 불안감이 지나간다. 부디 상대의 패도 만만치 않기를, 그래서 액면 K 원페어 정도에 지레 겁먹지 않기를.

콜!

"이번 판은 제대로 한번 붙어볼 만한 것 같은데요?"

조 대표의 목소리에서 약간의 흥분이 묻어난다. 굳이 감추지 않는 것이리라.

"하하하! 처음부터 너무 세게 나가지만 않는다면 최대한 따라가 보도록 하겠소."

강 선생이 담담하게 웃으며 받는다. 그도 어쨌든 액면이 K 원페어이니 적당한 정도까지는 베팅에 응하겠다는 의지를 비친 것이다.

"자, 그럼 어디 한번 시작해 볼까요?"

조 대표가 호기롭게 베팅을 시작한다. 처음부터 풀 베팅이다.

강 선생은 차분하게 레이즈를 한다.

레이즈!

레이즈!

그렇게 몇 차례의 레이즈를 이어나가고 나서 강 선생은 슬쩍 템포를 늦춘다.

"이쯤하고 이제 다음 카드를 보기로 합시다. 아직 봐야 할 카드가 세 장이나 남았으니 말이오."

말한 다음에 그가 조금쯤 겸연쩍은 미소를 떠올리며 외친다.

"콜!"

한숨 돌리고 가는 것이 좋다. 최후의 한 판으로 키우기 위해서는.

조 대표의 얼굴에 가감 없는 아쉬움이 스친다.

다섯 장

조 대표의 패에 다섯 번째의 카드가 오픈된다. ♠3이다.

[(? ?) ◆A ♠A ♠3]

애매해 보인다.

강 선생의 다섯 번째 오픈 카드는 ♠10이다.

[(♣K ♠K) ♥K ◆K ♠10]

역시 별 의미는 없다. 조 대표는 여지없이 다시 풀 베팅을 시작한다.

레이즈!

레이즈!

다시 몇 번의 레이즈 끝에 강 선생은 다시 외치고 베팅을 멈춘다.

"콜!"

그리고 그 순간 상대의 얼굴에 아쉬움을 넘어 불만의 기색까지 스치는 것을 캐치하면서 상대의 패를 좀 더 좁혀본다.

'베팅하는 기세로 보면 최소한 에이스 투 페어는 메이드 된 걸로 읽어줘야 한다. 그러나 그 이상을 봐주기에는 아직 이르다.'

여섯 장

조 대표의 패에 여섯 번째의 카드가 오픈된다. ♣9다.

[(? ?) ◆A ♠A ♠3 ♣9]

상대의 패가 더욱 애매해지고 있다. 아니다. 그 순간 강 선생은 상대의 표정에서 찰나 피어올랐다가 사라지는 쾌감의 흔적을 캐치하였고, 동시에 그의 초감각이 다시 한번 발동한다.

'메이드다!'

상대의 패가 드디어 메이드 되었다. 히든카드를 받기도 전에. 강 선생의 계산이 치열하게 이어진다. 그리고 그는 상대 패에 대한 경우의 수를 두 가지로 좁힌다. 첫 번째는 에이스 풀 하우스. 예컨대, 아니, 아마도,

[(A 9) ◆A ♠A ♠3 ♣9]

확률은 99% 이상.

두 번째는 에이스 포 카드다.

[(A A) ◆A ♠A ♠3 ♣9]

당연히 그가 지는 승부다. 그러나 그 확률은 1% 이하.

흔히 말하기를 포 카드는 대여섯 명이 모여 밤새도록 게임을 하면 한 번 정도 구경할 수 있는 확률이라고 한다. 그런데 그가 이미 그 작은 확률을 차지하고 있는 상황에서 상대까지 다시 그렇게 된다는 것은 그야말로 희박하다고 해야 하리라. 더욱이 이 경우에는 그가 네 번째 카드에서 이미 K 포 카드를

메이드 한 것과 마찬가지로 상대 또한 그렇다는 것인데, 그렇다면 결국 상대가 그동안 보여준 순간순간의 반응이 결국은 치밀하게 계산된 것이었다는 얘기가 되고, 그럼에도 그는 전혀 그런 느낌을 받지 못했다는 것이 된다. 그는 믿지 않는다. 그를 그처럼 완벽하게 속일 수 있는 사람이 있다고는. 그럼으로써 이 두 번째 경우의 수는 더욱 희박한 확률을 가진다고 할 것이다.

그의 여섯 번째 오픈 카드는 ◆10이다.

[(♣K ♠K) ♥K ◆K ♠10 ◆10]

K 투 페어. 이쯤에서는 상대도 그의 패가 K 풀 하우스나 10 풀 하우스로 갈 가능성을 상당히 높은 확률로 읽어줄 법하다. 그러나 상대의 표정에서는 조금의 흔들림도 읽히지 않는다. 이미 승리를 확신하고 있다는 건가? 그런 데서 그는 상대의 패가 에이스 풀 하우스라는 데 대해 다시 조금의 확신을 더한다.

이제 그가 보스다. 일단 풀 베팅이다. 그러자 상대 역시 여지없이 맞받아친다.

레이즈!

레이즈!

그러나 그는 이번에도 서너 차례의 레이즈 뒤에 적당히 외친다.

"콜!"

어차피 승부는 마지막 일곱 번째 히든카드에서 갈릴 일이다. 그리고 히든까지 받고 나면 그는 보다 완벽에 가깝게 그의 승리를 확신할 수 있게 될 것이다.

히든

마지막 일곱 번째 히든카드를 받고 확인하는 순간, 강 선생은 전신을 관통하는 짜릿한 희열을 느낀다.

♣A다.

그럼으로써 그가 패할 '1% 훨씬 이하의 확률'마저도 제거되었다.

상대의 패는 에이스 풀 하우스다.

99.999%의 확률로.

0.001%의 확률

짜릿한 스릴과 희열이 교차하는 중에 그는 다시금 냉철하게 잠시 계산에 들어간다. 2,000억의 판돈이 걸려 있는 것이다. 그리고 소위 전설의 갬블러로 살아온 그의 지금까지의 인생과 더불어 남은 인생까지를 송두리째 걸어야 하는, 그야말로 인생 한판인 것이다.

[(? ? ?) ◆A ♠A ♠3 ♣9]

이제 상대의 패에서 그가 질 경우는 단 한 가지뿐이다. 깔린 패에서 A와 3이 스페이드이니 거기에다 히든카드까지 해서 오픈되지 않은 세 장이 ♠2와 ♠4와 ♠5인 경우.

[(♠2 ♠4 ♠5) ◆A ♠A ♠3 ♣9]

즉 [♠A ♠2 ♠3 ♠4 ♠5]의 스트레이트 플러시다.

스트레이트 플러시, 흔히 스티플. 전문 갬블러도 일 년에 한 번 잡을까 말까 한 족보 중의 족보다. 거기에다 그것은 지금 막 상대에게 배분되고 있는 히든카드에서 메이드 되어야 한다.

0.001%의 확률이다. 굳이 계산하지 않아도 좋을, 불가능으로 치부해 두어도 좋을 수치이리라.

올인

"자, 남은 칩도 서로 비슷한 것 같고, 히든카드 베팅은 어차피 프리 베팅이니까 더 끌 것 없이 깔끔하게 올인으로 갑시다."

조 대표가 올인을 제안한다.

그런데 그는 딜러가 배분해 준 자신의 마지막 히든카드를 확인하지도 않고 그대로 바닥에 둔 채다.

이건 명백한 허세다. 이미 메이드 되었다고 대놓고 공갈을 치는 것이다.

그런 데서 강 선생은 남은 0.001%의 확률마저 완전히 내려놓는다. 이제는 차라리 싱거울 수밖에 없다.

블러핑

케이는 도저히 이해가 되지 않는다. 그는 히든카드를 제외하고는 팀장의 카드를 다 보았다. 그런데 팀장은 기껏 에이스 원페어를 가지고 계속 풀 베팅을 했다. 투 페어조차 만들어지지 않는 상황인데도 계속해서 말이다.

전형적인 블러핑이다.

낮은 패를 가지고도 과감한 베팅으로 밀어붙여 자신보다 높은 패의 상대를 결국 폴드시킬 때의 쾌감이야말로 포커 게임에서 가장 짜릿한 순간이라고 할 것이다. 그도 경험해 보았거니와 그때의 쾌감은 마치 강력한 마약의 기운이 혈관을 타고 돌 때의 희열과도 같다.

그러나 단언컨대 팀장의 블러핑은 잘못되었다. 상대가 강 선생이라는 이유 하나만으로도. 그는 안다. 강 선생이 앞선 몇 차례의 작은 게임에서 팀장의 블러핑에 당해주었다는 것을. 다분히 의도적인 계산으로 팀장을 블러핑이 주는 희열과 쾌감에 중독되도록 만들어놓은 것이다. 지금 벌어지고 있는 최후의 한 판에서도 강 선생은 팀장의 명백한 블러핑에 대해 히든카드를 받기 전까지 적당히 레이즈로 받아주다가 또 콜로 템포를 조절하면서 팀장의 갈증을 증폭시켰다. 그리고 그렇게 중독된 갈증에 팀장은 결국 마지막 히든카드를 확인하지도 않고 올인을 선언하는 치명적인 무리수를 범하고 말았다.

그럼에도 케이는 팀장에 대해 어떤 조언이나 주의도 주지 않을뿐더러 그럴 생각조차 하지 않았다. 이제 승부가 최후의 순간에 도달한 지금도 마찬가지다. 그런 것까지는 팀원으로서 그가 맡은 역할이 아니다. 게임의 운영에 관한 한 오로지 팀장의 영역이다. 이기든 지든.

설마?

"좋소! 올인!"

강 선생은 자신의 모든 칩을 앞으로 민다. 그리고 담담히 덧붙인다.

"도대체 얼마나 대단한 패를 잡았기에 그토록 막무가내로 밀어붙였는지 어디 한번 봅시다!"

그러나 강 선생은 곧바로 뭔가 싸한 기운이 등골을 훑고 지나감을 느낀다.

상대가 빙긋이 웃고 있다.

그 빙긋한 웃음기는 온전한 여유다.

모든 패를 오픈하는 외에는 더 이상의 변수가 없음에도 저런 여유로운 웃음을 지을 수 있다는 것은?

상대의 패가 그로서는 전혀 계산하지 않고 있는, 완전히 배제시켜 놓은 것임을 의미하는 것이다.

'설마……?'

메이드

조 대표가 들고 있던 두 장의 카드가 먼저 오픈된다.

♠2와 ♠5!

강 선생은 그대로 굳고 만다. 그 두 장만으로도 그는 패닉의 경계에 도달하고 만다. 정말로 그것이란 말인가? 0.001%! 불가능의 확률로 치부해 두었던 그것? 그러나 상대는 히든카드를 확인해 보지도 않았는데?

사방에서 지켜보는 수많은 동공이 얼어붙은 듯이 감히 미동조차 하지 못하는 중에 조 대표가 바닥에 놓인 히든카드를 천천히 뒤집는다. 순간 강 선생은 억눌린 소리를 흘려내고 만다.

"아, 아……!"

경악의 탄성도 아니고 절망의 절규도 아닌 기묘한 소리다.

♠4!

그럼으로써 상대의 패는 [♠A ♠2 ♠3 ♠4 ♠5], 스트레이트 플러시로 메이드 되었다.

목숨을 걸고라도 만끽해 보고 싶은 짜릿함

"휴우!"

강 선생이 나직한 한숨을 내쉰 것은 그 스스로에게는 억겁과도 같은 시간이었을 것이나 막상은 다만 몇 초의 시간이 흘렀을 뿐인 잠깐의 틈 뒤다.

그러나 그는 담담함을 되찾고 있다. 차라리 수긍이다. 상대는 불가능의 패를 히든카드에서 메이드 했다. 그건 실력 이상의 영역이다. 그가 도저히 어떻게 해볼 수 있는 것이 아니다. 그렇다면 기꺼이 승복하는 수밖에.

이로써 모든 것이 끝났다. 승부도. 인생도. 그를 믿고 한 치의 의심도 없이 1,000억을 내놓은 인물은 이제 그를 죽이려 할 것이다. 그러나 그것 또한 그가 감수해야 할 운명이니 기꺼이 받아들여야 하리라.

그렇더라도, 죽는다 하더라도 이 한 판의 게임은 너무도 짜릿했다. 비록 한순간에 모든 것을 다 잃는 결과가 되었지만, 바로 이런 순간을 만끽하기 위해 그는 평생 동안 이 바닥을 떠나지 못하고 있던 것이 아닐까? 짜릿함, 돈도 명예도 아닌, 갬블러라면 목숨을 걸고라도 만끽해 보고 싶은 짜릿함의 한순간.

강 선생은 들고 있던 세 장의 패를 오픈되지 않은 채로 바닥에 놓는다. 그리고 천천히 자리에서 일어선다.

만약의 또 만약

입구 쪽이 갑자기 소란스러워진다. 일단의 무리가 우르르 안으로 쏟아져 들어오고 있다. 무리의 옷차림이 각양각색인 것이나 사납게 들이닥치는 기세로 보아 게임장의 직원들은 아니다.

일단을 남겨 입구를 차단한 난입자들은 곧장 게임장 내부 곳곳으로 진입하며 손님들을 한쪽으로 몰아가는데, 그 기세가 그야말로 양 떼를 모는 늑대 무리와도 같이 거칠고 험악하다. 뿐더러 손님 중에서 휴대폰을 꺼내 드는 모습이 보이자 근처에 있던 무리의 몇몇이 당장에 눈알을 부라리고 주먹을 휘두르며 달려들어 휴대폰을 빼앗아 버린다. 손님들은 감히 저항하거나 항의를 해볼 엄두조차 내지 못하고 두려움에 질려 무리가 몰아가는 대로 우르르 한쪽 공간으로 몰려간다.

난리 통 속에서 김강한 일행만이 차분하다. 그들은 그 일단의 패거리가 난입할 때부터 가까운 쪽에 있는 커다란 기둥 근처로 이동했다. 그리고 돌아가는 형세를 차분하게 지켜보고 있는 중이다. 패거리가 목표로 하고 있는 것이 바로 자신들일 것이란 점을 어렵지 않게 짐작할 수 있어서이다. 그리고 그들 패거리는 역시 국제파일 것이다.

[더 플레이] 측에서는 처음부터 만약의 경우를 준비했을 것이다. 강 선생이 게임에서 이길 것이라는 점을 의심하지는 않았겠지만, 상상을 초월하는 판돈이 걸린 만큼 만약의 또 만약을 대비하지 않을 수는 없었을 것이다.

상황이 상황인지라

　국제파 무리가 빠르게 포위망을 좁히며 다가서는 것에 대해 케이가 질린 기색이 되며 기둥에 바짝 붙어 선다. 쌍피가 두어 걸음을 앞으로 나서기에 김강한이 썩 내키지는 않는 걸음이나마 또한 앞으로 나서며 쌍피와 나란히 선다.

　그런데 또한 당연히 의리를 보일 줄 알았던 또 한 사람이 뒤에서 미적거리고 있다. 중산이다. 그런데 이 와중에 휴대폰을 꺼내 만지작거리고 있는데, 어디론가 메시지라도 보내는 모양새다.

　설마하니 경찰에 신고하려는 것은 아닐 테고. 떳떳하지 못한 것은 저쪽이나 이쪽이나 매일반인 터에 말이다.

　'지금 무슨 한가로운 짓이야?'

　김강한이 다른 때 같았으면 그렇게 싫은 소리부터 던지고 보았을 터이다. 그러나 상황이 상황인지라 가볍게 인상을 찡그리는 것으로만 못마땅함을 표한다.

저건 또 뭣 하는 짓인가?

쌍피가 특유의 무덤덤함으로 국제파 무리를 성큼 맞아나가는 걸 보면서 김강한은 짐짓 여유를 가져본다. 그러나 아까 쌍피의 실력을 제대로 구경하지 못한 아쉬움을 이번에야말로 제대로 풀어보리라는 기대는 이번에도 충족되지 못할 것 같다.

입구 쪽이 다시금 소란스럽다. 입구에 저지선을 펼치고 있는 국제파 무리와 바깥쪽에서 그것을 돌파하고 안으로 들어오려는 또 다른 무리 간에 한바탕 격렬하게 치고 박는 싸움이 벌어지는 모양새다. 그리고 결국에는 국제파의 저지선이 돌파되면서 새로운 한 무리가 안으로 밀고 들어온다. 그리고 두 무리 간에 곧장 난투가 확대된다.

쌍피가 고민할 것도 없이 뒤로 물러선다. 굳이 난투에 휘말릴 이유는 없다는 것이리라. 그런데 그때다. 중산이 성큼성큼 달려가더니 곧장 난투 속으로 뛰어든다. 그 돌발 행동에 김강한이 놀랍다기보다는 차라리 의아스럽다.

'저건 또 뭣 하는 짓인가?'

제법 거물다운 느낌

김강한이 두 눈을 크게 뜨고 만다.

새롭게 등장한 그 한 무리가 빠르게 전열을 재정비하면서 장내의 형세가 빠르게 변하고 있다. 그런데 그 변화의 중심에 뜻밖에도 중산이 서 있는 것으로 보여서이다. 중산이 졸지에 그들 새로운 무리를 지휘하는 위치가 된 것처럼 보이는 것이다.

아니다!

진짜다!

그런 것처럼 보이는 게 아니라 중산은 정말로 그들 무리를 지휘하고 있다. 그것도 일사불란하게.

그야말로 뜻밖이다.

미처 생각해 보지 못한 중산의 완전히 새로운 면모다. 제법 거물다운 느낌마저 풍기는.

좀 전의 그 느낌은 간데없다

중산이 지휘하는 무리가 빠르게 장내의 형세를 장악해 가더니 이윽고 국제파 무리를 완전히 제압한다.

"어떻게 된 거야?"

곁으로 돌아오는 중산에게 김강한이 잔뜩 궁금하여 묻는다.

"그게… 자세한 건 이 고문님께서 말씀하실 겁니다."

중산이 짐짓 모호한 기색으로 대답을 피해 가려는 모양새인 데 대해 당장 김강한의 표정이 험악하게 되고 만다.

"뭐?"

그런 기세에는 중산이 또 흠칫하고는 변명처럼 바쁘게 말을 쏟아낸다.

"아니, 저는 그냥 이 고문님이 지시하신 대로만 하는 거라서… 자세한 내용에 대해서는 잘 알지 못합니다. 그래서 고문님께 직접 들으시는 게 좋을 것 같다고 말씀드리는 겁니다."

"자세한 것까지는 별로 궁금하지도 않으니까 그냥 당신이 아는 선까지만 말해봐."

김강한의 목소리가 나직하게 가라앉는다. 그런 데서 위압감을 느꼈는지 중산이 곧장 위축된 모습이 되고 만다. 그런 그에게서는 좀 전 일사불란하게 무리를 지휘하던 제법 거물다운 느낌은 간데없다.

행차든 난리든

[더 플레이]를 나서는 김강한 일행의 주위를 오리엔탈파의 조직원들이 겹겹으로 차단하며 따라붙는다.

건물 앞 도로에는 검은색의 중형 세단 대여섯 대가 줄줄이 대기하고 있는데, 중산이 가운데쯤의 차량으로 김강한 등을 안내한다. 쌍피가 조수석에, 그리고 김강한과 케이가 뒷좌석에 타자 중산이 운전대를 잡는다.

중형 세단들이 일제히 출발한다. 이쯤 되면 대통령의 행차에도 견줄 수 있을 만큼의 가히 철통같은 경호 대열이라고 해야 할까, 아님 조폭들의 괜한 허세가 빚어내는 한바탕 난리라고 해야 할까?

쓸데없는 대비를 시켜보면서 김강한은 가만히 혼자의 실소를 떠올린다. 행차든 난리든 결국은 지금 그의 주머니 속에 고이 들어 있는 두 장의 수표 때문이지 않을까 하는 생각에서이다.

말할 수 없는

차가 출발한 뒤 한참이 지나도록 아무도 말이 없어 차 안이 조용하기만 한 중에 김강한의 옆에 앉은 케이가 조심스럽게 입을 뗀다.

"저… 팀장님."

팀장이란 호칭이 문득 어색하다. 목적을 이미 달성하여 각자의 역할이 다 끝난 셈이니 팀 또한 자연적으로 해체된 것이 아닌가? 그렇더라도 김강한이 굳이 야박하게 분명한 입장을 취할 것까지는 아니리라.

"왜요?"

"한 가지만 물어봐도 되겠습니까?"

김강한이 설핏 귀찮다는 생각이지만, 그걸 그대로 표시하기에는 역시 케이의 표정이 너무 진지하다.

"예, 그러세요."

"어떻게 된 겁니까?"

그런데 이 질문은 좀 익숙하다는 느낌이 먼저 든다. 최근에 어디서 이미 한 번 들은 질문인 탓이리라. 그때 카지노 술집에서 그가 케이에 대해 경이적인 승률을 거둔 것을 보고 쌍피가 한 질문이다. 김강한이 괜히 실소가 나오는 것을 참으며 짐짓 퉁명스러운 투로 반문한다.

"뭐가요?"

"히든에서 스트레이트 플러시가 메이드 되리라는 걸 미리 알고 계셨던 게 분명한데……."

그러나 줄이는 말끝에서 케이는 그 '분명함'을 막상 확신하지는 못하겠다는 의미를 농축시키는 것 같다.

"그걸 어떻게 알고 있었냐고요?"

김강한이 반문함으로써 케이의 의구에 확신을 보태주자, 마른침이라도 삼키는 듯이 케이의 목젖이 꿈틀하고 움직인다.

김강한이 힐끗 백미러를 본다. 그러곤 마침 그에게 시선을 맞추고 있는 쌍피에 대해 괜스레 한번 표정을 굳혔다가 풀면서 다시 말을 잇는다.

"그런 건 묻는 게 아닙니다. 영업비밀이죠. 누구한테도 말할 수 없는 비밀."

백미러 속 쌍피의 시선에 설핏 실망의 빛이 스치는 걸 보고 김강한은 다시금 삐져나오려는 실소를 애써 참는다.

케이가 가볍게 한숨을 내쉰다. 그러나 그는 이내 담담한 미소로 아쉬운 심정을 추스른다. 팀장의 말이 맞다. 타짜이건 프로 갬블러이건 자신만의 기술이나 비법은 생명과도 같아서 결코 누구에게도 그 비밀을 가르쳐 줄 수는 없다. 그리고 그러한 이치에 대해 누구보다 잘 아는 사람이 바로 그 자신이다.

불패의 영업비밀

안투지배(眼透紙背)!

아니, 안투카배!

카드의 뒷면을 투시하는 김강한의 능력은 카지노 술집에서 처음 써먹을 때와는 또 다른 진전이 있다.

즉 카드 한 장의 뒷면이 보이는 정도에서 두세 장, 나아가 서너 장 밑의 카드까지도 읽을 수 있는 정도로의 발전을 이룬 것이다.

여러 명이 아닌 단둘이서 하는 게임에서 서너 수 앞을 미리 본다는 것.

그것이야말로 바로 그의 영업비밀이다.

결코 패할 수 없는 불패의 영업비밀.

하루 전

김강한 일행이 [더 플레이]로 가기 하루 전.

삼도 물산의 남대식 회장은 잠수를 타고 있는 오리엔탈파 보스 문장근과 비밀리에 단독 회합을 갖고 협정을 맺는다.

1. 로타리파를 대표하는 남대식과 오리엔탈파를 대표하는 문장근은 한시적 동맹을 맺고 국제파에 대해 공동으로 대응한다!

2. 두 파의 동맹은 오리엔탈파의 지휘 체계가 원상 복구될 때까지 유지되는 것으로 하고, 그동안 오리엔탈파의 전(全) 조직원은 남대식의 지휘에 따른다!

이틀 전

김강한 일행이 [더 플레이]로 가기 이틀 전.

즉 남대식 회장과 문장근이 비밀 회합을 가지기 하루 전에 남대식 회장과 이철진은 모처에서 접촉을 가진다.

"회장님을 돕겠습니다."

이철진이 불쑥 꺼내는 그 말에 남대식 회장은 차라리 얼떨떨한 심정이 되고 만다. 마지막 희망으로 도움을 요청하긴 했지만, 그들로서는 도울 까닭도 명분도 딱히 없으니 당연히 능력이 안 된다거나 곤란하다는 정도의 대답이 나올 줄 알았다. 만약에 뜻밖으로 돕겠다는 대답이 나오더라도 그로서는 도저히 받아들이기 힘든 조건이나 대가부터 전제하리라 각오했다. 권력까지 개입된 거대하고도 위험천만한 전쟁에 뛰어들어야 하고, 필연코 피를 흘릴 수밖에 없는 일이니 말이다. 그런데 이처럼 간단하게, 그리고 단정적으로 돕겠다는 말부터 꺼냈다는 데서는 당황스러울 수밖에 없다.

"우리 쪽에서는… 뭘 드리면 되겠소?"

감사의 말 대신에 반사적인 경계까지를 담아 묻는 남대식 회장의 목소리가 무겁다 못해 지레 힘겹다.

"두 가지 사항만 선결해 주시면 됩니다."

이철진이 싱긋 가벼운 웃음기를 떠올린다.

"두 가지라고 하면……?"

"첫째, 지휘 계통의 붕괴로 지리멸렬한 상태로 있는 오리엔탈파의 조직을 회장님께서 수습해 주실 것. 둘째, 수습된 오리엔탈파의 조직에 대해서는 당분간 저희 쪽에서 실질적인 지휘를 하되 표면적, 혹은 외부적으로는 회장님께서 명령권을 행사하는 것으로 해주실 것."

"음!"

남대식 회장이 잠시 앞뒤를 재본다. 그리고 가부의 대답을 내는 대신에 더욱 무겁게 묻는다.

"그런 다음에는?"

이철진이 입꼬리에 남아 있던 웃음기를 지우며 가만히 고개를 가로젓는다.

"다른 건 없습니다. 그 두 가지만 선결해 주시면 더 이상의 다른 조건은 없습니다."

그 말에는 남대식 회장이 새삼 망연한 기색이 되어 묻는다.

"왜……?"

이철진이 담담하게 받는다.

"저희 쪽에서 바라는 건 간단하고도 분명합니다. 이 바닥에 지금까지 통용되어 온 기존의 질서가 앞으로도 계속 유지되는 것 그 이상도 이하도 아닙니다."

"음!"

"사실 저희 입장에서 보자면 특별한 사정이 좀 얽혀 있긴 합니다. 상세한 말씀은 나중에 따로 드리겠지만, 어쨌든 그건 어디까지나 저희 입장에서의 사정일 뿐이고 회장님이나 다른 두 파와는 전혀 무관합니다."

남대식 회장은 염두를 굴려볼 것도 없이 깊숙이 고개를 숙인다. 당장 막혀 있는 숨통을 틔우는 일이 시급한 터에 이철진이 굳이 말하지 않으려는 속내에까지 궁금증을 가질 처지는 감히 못 되는 것이다.

"이 고문, 정말 고맙소. 이번에 도와주시는 은혜는 내 목숨이 다하는 날까지 결코 잊지 않을 것이오."

제9장

극강

일대 반격

[더 플레이]에서 판돈 2,000억을 걸고 벌어진 만화 같은 포커 게임에 대한 소문은 여러 형태로 몸집을 키우며 빠르게 퍼져 나간다.

그리고 그 소문은 이윽고 단순히 [더 플레이]가 게임 한 판에 1,000억을 잃었다는 것을 넘어서 지리멸렬의 처지에 있던 오리엔탈파와 로타리파가 연합하여 국제파에 대해 처음으로 반격다운 반격을 가했다는 상징적인 의미까지를 부여한다. 그리고 다시 그것에 고무된 그들 두 파는 보다 적극적으로 공동

전선을 강화하는 한편, 국제파에 대한 일대 반격에 나선다.

이철진은 맞춤 전략을 구상한다. 핀셋으로 콕 집어내는 듯이 정확하고도 구체적인 목표를 정해서 소수의 인원으로 치고 빠지는, 이른바 게릴라식 타격 전략이다. 그 같은 전략은 시간이 갈수록 국제파의 주력 분야에 피해를 누적시켜 가고 있다.

가랑비에 옷 젖는다고 하던가? 국제파가 직간접으로 운영하는 주력사업들의 피해가 점점 더 심각한 규모로 진전되고, 이윽고는 감내하기 어려운 지경으로 접어든다. 설상가상으로 그들에게 일방적인 보호 우산을 펴주던 검경마저도 슬그머니 발을 빼는 모양새다. 아마도 사태가 그들로서도 미처 예상치 못한 양상으로 번져가고 있는 때문이리라.

그런 틈에 제법 열세를 되돌린 오리엔탈파와 로타리파의 연합은 이제야말로 본격적인 전쟁에 돌입하려는 조짐을 보이고 있다.

제의

남대식 회장은 방금 전 국제파 보스 양조연에게 전화를 했다. 전면전에 돌입하기 전, 이쯤에서 분쟁을 끝내기 위한 담판을 제의하기 위해서다. 오리엔탈파의 문장근에게 협상에 관한 일체의 대표권과 권한을 위임받았으니 양자 담판을 하자고 제의했다.

그의 논리는 이전과 달라진 게 없다. 공멸론이다. 그들 3대 메이저 조폭 조직이 결국 전면전으로 돌입하게 되면 승자도 패자도 없는 공멸의 결과밖에 없다는. 그러나 이전과는 상황이 사뭇 달라졌다는 데서, 그리고 이번이 사실상 마지막 협상의 기회라는 데서. 그의 이번 제의는 양조연에게도 결코 무시할 수 없는 압박이 될 것이다.

사실 양조연과의 양자 담판 제의는 이철진의 머리에서 나온 것이다. 그리고 만약 그가 지금 이철진을 전적으로 신뢰하고 기대는 처지가 아니었다면 솔직히 그 스스로의 의지로는 감히 그런 과단성을 발휘하기 어려웠을 것이다.

양조연은 잠깐의 시간을 달라고 했다. 곧 답을 주겠다고.

역제안

부르르!

남대식 회장의 휴대폰에 진동이 울린다. 액정에는 좀 전에 양조연과 통화한 번호가 뜬다.

"내일 밤 아홉 시. 역삼동 서경 빌딩 지하 룸살롱 밀레."

대뜸 시간과 장소를 일방적으로 통보하더니 양조연이 다시 덧붙인다.

"아, 그리고 양자 담판은 아무래도 취지에 안 맞는 것 같으니까 문장근이도 같이 끼워서 삼자 담판을 하는 걸로 합시다."

또한 일방적인 데다 얘기가 달라도 한참 많이 다른 쪽으로 빗나간다.

"양 회장, 문 회장은 이미 나한테 모든 걸 일임했다고 얘기하지 않았소. 그리고 문 회장이 지금 공공연히 모습을 드러낼 처지가 못 된다는 건 양 회장도 잘 알고 있지 않소?"

남대식 회장이 애써 담담하게 받는다.

"나 참, 그래도 한 조직을 이끄는 대가린데, 경찰에 잡힐 게 무서워서 자기 조직의 운명을 결정짓는 자리에 나오지 못하겠다는 게 도대체 말이 돼요? 하긴… 간이 참새 좆보다 작은 문장근이한테는 말이 되겠군. 하여간 병신 새끼! 나 같으면 차라리 자살하고 말겠다! 니미!"

양조연이 욕지거리를 달고는 다시 말을 잇는다.

"어쨌든 간에 내 말은 직접 당사자인 우리 셋이 담판장에 웃통 딱 까고 앉아서 끝장을 보자는 거니까 알아서들 결정하쇼! 그렇게 담판을 짓든가, 아니면 그냥 하던 대로 언 놈 대가리가 터지는지 끝까지 한번 가보든가!"

막무가내에다 거칠고 무례한 위협까지 담긴 말이다. 놈이 원래가 그런 유형인 줄 익히 인정하고 있으면서도 남대식 회장은 불쾌감과 함께 전세가 오히려 역전되는 듯한 찜찜함을 동시에 느끼는데, 그런 중에 전화가 일방적으로 끊긴다.

과거는 어디까지나 과거일 뿐

"개새끼!"

남대식 회장의 입에서 씹어뱉듯이 욕지거리가 새어 나온다.

지금이야 3대 메이저 조폭 조직의 보스로 한데 묶여 거론되지만, 사실 양조연이나 문장근은 나이나 서열에 있어서 그보다 적어도 두세 단계는 아래 급이라고 해야 할 자들이다.

동배인 그 둘보다 그의 나이가 열 살쯤이나 위인 것도 그렇지만, 그 둘이 처음 이 바닥에 발을 들이고 똘마니로 밑바닥을 구를 때 그는 이미 당시 수위이던 조직의 중견으로 자리를 잡고 있었다. 그러니 비록 같은 조직에 몸을 담은 적은 없더라도 조폭 세계의 선후배 관계를 따지자면 까마득한 아래 서열인 것이다.

그러나 과거는 어디까지나 과거일 뿐, 양조연과 문장근은 지금 현재 수위를 다투는 조직의 보스가 되어 있다.

호랑이 굴로 들어갈 계획

"아니, 선배, 그게 도대체 말이 되는 소립니까? 양조연이 어떤 인간인지 몰라서 그럽니까?"

수화기 저편에서 괄괄한 목소리가 터져 나온다. 목소리만으로도 성격이 급한 다혈질임을 짐작할 수 있다. 오리엔탈파 보스 문장근이다. 제 딴에는 나름 친근함을 표시한다고 하는 소리겠지만, 문장근에게 선배 소리를 들을 때마다 남대식 회장은 영 유쾌하지가 않다. 물론 그나마 양조연의 무례함보다는 백번 낫긴 하지만.

"뭔가 구린 냄새가 확 풍기지 않습니까? 그 비열한 새끼가 분명히 무슨 계략을 꾸미는 겁니다. 무턱대고 갔다가는 개피 본다니까요?"

문장근의 우려에 대해서는 남대식 회장도 심정적으로는 동의하는 바이다. 이 바닥이란 데가 원래 온갖 무지막지한 일이 다 벌어지는 곳이지만, 양조연은 그중에서도 가장 비열하고도 가차 없는 잔혹성으로 이름이 나 있는 때문이다.

"문 회장, 우선 내 말 좀 들어보소. 우리가 지금 약간의 성과를 거두고 있긴 하지만, 그건 잠시일 뿐이오. 국제파는 곧 전력을 재정비할 것이고, 그런 상태에서 전면전에 돌입하게 된다면 결국 깨지는 쪽은 우리가 될 수밖에 없다는 거요. 그건 문 회장도 잘 알고 있지 않소? 더욱이 외부 환경도 썩 좋지가 않아요. 지금은 우리가 판을 흔들어대고 또 있는 인맥 없는 인맥 다 동원해서 여기저기를 들쑤시는 탓에 검경이 잠시 뒤로 물러서는 형세를 취하고는 있지만, 그게 얼마나 더 약발이 먹힐지는 장담할 수가 없는 형편이오. 따라서 지금이 아니면 상황을 반전시킬 기회는 다시 오지 않을 것이고, 그런 점에서 비록 다소의 위험성이 있더라도 감수하고 과감하게 승부수를 걸어야 한다는 게 내 판단이오."

휴대폰 저편이 조용하다. 문장근이 염두를 굴려보고 있는 것이리라. 그리고 잠시 후 조금은 진정된 톤의 목소리가 전해져 온다.

"아무리 그렇다고 해도 아무런 대비도 없이 호랑이 굴로 들어갈 수는 없는 노릇입니다. 혹시 무슨 계획이라도 있는 겁니까?"

"물론이오."

명쾌하게 받고 나서 남대식 회장은 잠시 생각을 정리한다. 사실은 이철진과 이미 논의한 바 있고, 그 논의 중에는 문장근이 양조연과의 대면을 주저할 경우에 대한 것도 포함되어 있다.

안전보장책

"관건은 역시 문 회장이 우려하는 대로 저쪽에서 우리 뒤통수를 칠 것에 대한 대비인데, 우선 장소는 저쪽에서 정한 데가 시내 중심가 한복판의 공개된 곳이라는 점에서 딱히 문제를 제기할 것까지는 없겠고……."

남대식 회장이 말끝을 늘이고는 그런 데 대해 문장근이 별다른 반응이 없다는 것을 확인한 다음 다시 말을 잇는다.

"문제는 당사자인 우리 세 사람만 만나서 담판을 짓자고 하는 부분인데……."

"그러니까요. 거기에 양조연이 저 새끼가 분명 무슨 꿍꿍이가 있는 거라니까요?"

문장근이 바로 반응하고 나오는 데 대해 남대식 회장이 차분하게 받는다.

"그래서 말인데, 이렇게 하면 어떻겠소? 각자 최소한의 수행 인원을 동반하는 걸로."

잠시의 침묵이 있는 뒤에야 문장근이 다시 반응을 내놓는다.

"최소한의 인원이라고 하면……?"

"각자 수행원 두 명씩. 그렇게 해서 담판 장소에 들어가는 인원을 총 아홉 명으로 하자고 저쪽에다 수정 제안을 하는 거요."

문장근이 다시 침묵에 들어가는 것을 남대식 회장이 잠시 기다리다가 계속 말을 이어간다.

"그렇게 되면 오히려 불리해지는 쪽은 양조연이 될 거요. 만약 담판 중에 무슨 문제가 생긴다면 일단 쪽수에서 6 대 3이 되니까. 그리고 양조연도 그런 계산을 굴려볼 테지만, 그렇더라도 안 하겠다는 말을 하지는 않을 거요. 그 턱없는 자존심 때문에라도."

"음!"

문장근의 그 나직한 소리에서는 약간의 불쾌감이 느껴진다. 남대식 회장의 말 중에 그의 자존심을 건드리는 부분이 있던 것일까?

"물론 양조연이 담판 장소 주변에다 애들을 잔뜩 깔아놓을 가능성도 다분하지만, 그거야 우리도 충분한 인력을 배치해서 대응하면 될 것이오."

남대식 회장이 짐짓 가볍게 덧붙이는 말에 대해서는 문장근이 불쑥 묻는다.

"그렇게 서로 조직을 동원해서 난리를 치다가 경찰에서 눈치를 까고 덮치기라도 하면 또 어떻게 되고요?"

남대식 회장이 담담한 투로 대답한다.

"시내 중심가 한복판에 3대 메이저 조직의 조직원들이 대거 집결하고 충돌까지 벌어진다면 당연히 경찰이 개입되지 않을 수는 없겠지. 그러나 그것 역시도 우리에게는 또 하나의 안전보장책이 될 거요. 경찰의 시선까지 집중된 속에서는 양조연이 아무리 또라이라도 감히 함부로 수작을 부리지는 못할 것이니까. 그리고 경찰에서 문 회장을 검거하려고 담판 장소 안으로 진입을 시도하는 경우에도 우리 애들이 적당히만 막아주면 그 틈에 얼마든지 몸을 피할 수 있을 거요. 자, 그만하면 문 회장의 안전은 웬만큼 보장된다고 해도 되지 않겠소?"

대치

역삼동 서경 빌딩 앞이다. 밤 아홉 시로 접어드는 시각. 평상시 같으면 25층짜리의 이 빌딩에 입주해 있는 유흥업소들을 드나드는 손님들만으로도 제법 흥청거릴 시간인데, 오늘따라 한적하리만치 조용하기만 하다.

그러나 조금 더 범위를 넓혀서 살펴보면 묘한 긴장감이 주변 사방 곳곳에서 감지된다. 인근의 빌딩들 주변에서, 그리고 빌딩들 사이의 도로변 등등에서 눈에 쉽게 도드라지는 건장한 체격의 사내들이 몇 명씩, 혹은 십 수 명씩 무리를 지어서 어슬렁대고 있다.

대충만 합산해 보아도 백여 명이 훌쩍 넘는 숫자의 그들은 바로 국제파와 오리엔탈파의 조직원들이다. 지금 이 시각, 서경 빌딩 지하의 룸살롱 밀레에서는 3대 메이저 조폭 조직의 보스들 간에 담판이 이루어지고 있는 중이고, 그 때문에 국제파와 오리엔탈파의 조직원들이 대거 동원되어 서로 대치를 벌이고 있는 것이다.

다만 그들은 사전에 서로 약속이라도 정한 듯이 서경 빌딩과는 각기 일정 거리를 유지하는 적당한 선에서 경계를 가르고 있다. 그럼으로써 칼날 같은 긴장감이 넘치는 중에도 서로 간에 의도치 않은 시비나 갈등이 발생하지 않도록 조심하는 분위기다.

보스들

룸살롱 밀레는 오늘 하루 정상 영업을 하지 않는다. 밀레가 보유하고 있는 이십여 개의 룸 중에서 가장 크고 고급스러운 VIP룸에는 지금 일곱 명에 불과한 손님이 들어 있는데, 그들이 오늘 저녁 가게를 통째로 빌렸기 때문이다.

VIP룸. 응접세트 등의 실내 집기와 장식물이 한쪽 구석으로 정리된 중에 넓은 공간의 한가운데쯤에 제법 육중해 보이는 커다란 원형 테이블이 하나 놓여 있다. 그리고 테이블의 둘레로 세 사람이 앉아 있다. 그들이야말로 소위 3대 메이저 조폭 조직의 보스들이다.

안쪽 방향으로 앉은 자는 날렵한 체구에 길고 갸름한 얼굴형의 중년 사내인데, 콧등이 날카롭게 굽은 매부리코로 인해 차갑고 매서워 보이는 인상을 지녔다. 바로 국제파의 보스 양조연이다.

그리고 양조연의 오른쪽, 앉은 모습으로도 보는 사람을 주눅 들게 할 만큼의 당당하고도 탄탄한 체구를 지닌 사내는 오리엔탈파의 보스 문장근이다.

다시 양조연의 왼쪽으로는 남대식 회장이 앉았는데, 다른 둘에 비해서는 상대적으로 돋보일 게 없어서 그런지 오늘따라 그저 평범한 중늙은이로만 보이는 느낌이다.

정 쫄린다면

남대식 회장과 문장근의 두어 걸음 뒤쪽에는 각각 두 명씩의 사내가 꼿꼿하게 버티고 서 있다. 수행원 겸 경호원들이다.

그러나 양조연의 뒤쪽에는 아무도 없다.

각자 수행원 두 명씩은 동반하는 걸로 하자는 남대식 회장의 수정 제안에 대해 양조연이 '보스들끼리 담판 짓는 자리에 애들을 주렁주렁 달고 가는 짓은 난 쪽팔려서 못 하니까 정 쫄린다면 그쪽이나 그렇게 하쇼' 하고, 남대식 회장이 예측한 대로의 '턱없는 자존심'을 비치더니 정말로 수행원 없이 그 혼자 나온 것이다.

보스를 수행해 온 주제들로는

보스의 스타일대로랄까? 문장근의 수행원 둘은 체구가 한눈에도 보통 사람의 두 배는 될 것 같다. 무제한급의 프로레슬링 선수가 연상될 만큼의 거구들인데, 입고 있는 검은색 정장 상의의 앞 단추가 우람한 가슴팍의 압박을 견디지 못하고 금방이라도 터져 나갈 듯이 위태로워 보인다.

아마도 문장근은 만약의 경우가 발생했을 때 제한된 공간에서 거구의 덩치들이야말로 가장 강력하고도 효과적인 위력을 발휘할 것이란 속계산을 했을 법하다.

그러나 담력이 덩치에 비례하지는 않는 모양이다. 그들 두 명의 무제한급 덩치는 벌써부터 무거운 긴장에 눌렸는지 널찍한 이마에 진득한 땀이 맺혀 있다. 그러곤 애꿎게도 오늘 이 자리에서는 같은 편인 남대식 회장 뒤쪽의 두 명에게로 사뭇 날카로운 경계와 견제의 시선을 못 박고 있다.

그러나 남대식 회장의 수행원 둘은 자신들의 보스에 비해서도 오히려 여유가 있거나, 혹은 아예 무관심해 보이는 데가 다분히 있다. 그런 점에서 그들은 사뭇 예외적이다. 혹은 이 자리의 분위기와 별로 어울리지 않아 보인다. 보스를 수행해 온 주제들로는 말이다. 그들은 바로 김강한과 쌍피다.

더욱 예외적인

김강한은 테이블 위에 올라와 있는 양주에 괜한 관심을 가져보고 있는 중이다.

안주에 앞서 미리 테이블 위에 놓여 있는 그 몇 병의 양주는 그다지 밝은 편은 아닌 실내조명 속에서도 사뭇 또렷하게 라벨이 보인다. 물론 그가 알지는 못하는 이름들이다. 그렇더라도 대한민국의 암흑계를 장악하고 있는 3대 메이저 조폭 조직의 보스들이 모인 자리에 올라왔다는 이유만으로도 그것들은 아마도 대단한 명성과 또한 그에 걸맞은 가격대일 것이 분명하다.

욕심이 생긴다. 기회가 된다면 한 모금만이라도 맛을 보았으면 하는 욕심. 그야말로 괜한 욕심이다. 그러나 그가 속으로만 부려보는 그런 욕심까지를 다른 사람들이 알 리가 없다. 다만 그의 시선이 시종 테이블 위의 양주병들을 훑고 있다는 것만으로도 안 그래도 사뭇 날카로운 경계와 견제의 시선을 그에게 못 박고 있는 예의 그 두 명의 무제한급 덩치들을 비롯해 좌중의 주의를 끌 만큼은 예외적이라고 하겠다.

그러나 김강한의 그런 예외적인 모습은 막상 그다지 두드러지지 않는다. 쌍피 덕분이다. 무심함, 그런 중에 다시 함부로 범접하기 어려운 묘한 차가움. 쌍피가 일부러 만들어내는 것이 아닌, 본래부터 타고났을 특유의 그러함만으로도 적어도 김강한의 '예외적'보다는 더욱 예외적이라고 하겠다.

모를 리는 없을 것이되

사실 김강한은 표시 나지 않게 양조연의 기색을 이미 살핀 바가 있다.

그가 유독 양조연의 기색에 대해 주의를 둔 것은 양조연이 그를 알아보는지의 여부 때문이다. 물론 김강한이 아닌 조상태로서의 그다. 즉 이전에 국제파는 최도준과 연관해서 조상태를 접한 바가 있고, 또 진초희와 나카야마카이로 인해서도 조상태와 접한 바가 있으니 그 보스인 양조연으로서도 조상태를 모를 리는 없을 것이라는 점에서다.

그러나 막상 양조연은 처음에 한 차례 날카로운 시선으로 그를 훑어본 것 외에는 내내 이렇다 할 관심을 주지 않고 있다.

아마도 조상태에 대해서 그 이름은 알되 직접 본 적은 없는 때문일 터다. 더욱이 설마하니 지금 이 자리에 그 조상태가 와 있으리라고는 상상조차 하기 어려운 것이리라.

강렬한 유혹

남대식 회장은 흘깃 시선을 돌린다. 얼굴 옆면에 와 닿아 있는 눈길을 느끼고서다. 문장근이다.

마주친 눈빛에서 문장근은 치열한 갈등이 스쳐 보인다.

그것이 무엇에 대한 갈등인지 남대식 회장은 어렵지 않게 짐작해 볼 수 있다. 유혹이리라.

6 대 3을 예상했을 터인데 뜻밖에도 6 대 1인 데 대해서.

이 기회에 양조연만 박살 내버리면 그다음의 일은 어떻게든 수습이 되리라는 손쉬운 계산이 주는 강렬한 유혹.

그러나 남대식 회장은 가볍게 눈매를 좁힌다.

분명한 반대의 표시다.

무덤

양조연은 담담한 기색을 유지하기 위해 애쓰고 있다. 혹시 표정으로 번져 나갈 살기를 감추기 위함이다.

그는 협상 따위는 선호하지 않는다. 아니, 절대 수용하지 않는다는 편이 좀 더 정확할 것이다. 협상이란 것은 다만 쓸데없는 짓거리에 불과하다. 협상에서 결과를 내기 위해서는 내 것을 조금이라도 내어 주어야 하는 법인데, 그는 언제나 전부(全部)를 원한다. 만약 전부가 아니라면 그는 차라리 전무(全無)를 택할 것이다.

그가 발을 디디고 서 있는 곳은 먹고 먹히는 짐승의 세계다. 강한 자는 먹고 약한 자는 먹힌다. 약한 자가 살아남는 방법은 가진 전부를 내놓고 살려달라고 대가리를 처박든지, 아니면 한발 앞서 판세를 읽고 재빨리 도망치든지 둘 중의 하나이다.

당연히 그는 강자다. 그럼으로써 지금 그와 마주 앉은 두 사람은 당연히 약자다. 그런데 약자인 주제에 감히 그에게 반기를 들었고—비록 그것이 그의 '선빵'에 의한 결과라고 할지라도 어쨌든 반기를 든 것이다—몇 번의 작은 싸움에서 재미를 좀 봤다고 이제는 건방지게도 협상을 하자고 덤비고 있다. 주제를 모르는 치들에게는 마땅히 응분의 대가가 따라야 한다. 그게 이 바닥의 변하지 않는 룰이다.

일단 여기까지 들어온 이상 저들에게는 이제 두 가지의 선택밖에 없다. 지금이라도 가진 전부를 내놓고 살려달라고 대가리를 처박든지, 아니면 곱게 죽어주는 것. 왜냐하면 도망을 치기에는 이미 늦어버렸으니까. 이곳은 저들을 위해 파놓은 무덤이다.

차단

룸의 문이 열린다. 그리고 손에 커다란 안주 접시 하나씩을 든 웨이터 둘이 조심스럽게 안으로 들어선다.

문장근 뒤의 두 무제한급 덩치 중의 하나가 재빨리 웨이터들의 앞을 가로막고는 꼼꼼하게 얼굴을 확인한다. 미리 얼굴을 확인해 둔 밀레의 직원 여섯 명 중에 속하는지를 체크하는 것이다. 이어 그는 문장근을 향해 가볍게 고개를 끄덕여 이상 없음을 보고하고, 그런 뒤에야 웨이터들의 길을 터준다.

평소 밀레에는 서빙하는 아가씨들과 웨이터, 주방 인력을 포함해 근 육십여 명에 달하는 인원이 근무한다. 그러나 오늘은 VIP룸 손님들의 응대에 최소한으로 필요한 인원 여섯 명이 전부이다. 가게를 독점한 손님들이 요구한 것이다. 아가씨들은 필요 없고 술이나 안주도 최소한으로만 준비하면 되니 꼭 필요한 인원 외에는 가게 안에 일절 들이지 말라고.

각 파의 보스들이 밀레에 들어오기 전 무제한급 덩치 둘을 포함한 오리엔탈파의 조직원 십여 명이 국제파의 양해하에 먼저 가게로 들어왔다. 내부 공간을 세세하고도 꼼꼼하게 살폈고, 특히 밀레의 직원들에 대해서는 아주 철저하게 체크했다. 웨이터 둘, 주방 직원 셋, 그리고 그들을 총괄 지휘하는 매니저 하나. 그 여섯 명 중에 의심이 들거나 경계를 할 만한 사람은 없었다. 체격으로나 인상으로나 분위기로나 다들 웨이터 같았고, 주방 직원 같았고, 룸살롱 매니저 같았다.

이후 오리엔탈파의 십여 명이 다시 밀레를 나오는 즉시 외부에서 밀레로 통하는 모든 통로가 국제파와 오리엔탈파의 공동 감시하에 철저히 통제되었다. 즉 지금 VIP룸에 있는 각파의 보스 세 명과 수행원 네 명, 그리고 밀레의 직원 여섯 명 외에는 그 어떤 추가 인원도 밀레로 들어가지 못하도록 원천적으로 차단한 것이다.

급습

웨이터들이 원형 테이블로 다가선다. 그런데 김강한은 그들이 들고 있는 접시에 대해 슬쩍 눈길이 간다. 접시에 담긴 내용물은 과일과 육포 따위의 마른 안주류로 그다지 특별할 것도 없다. 다만 접시의 크기에 비해 내용물은 막상 삼분지 일밖에 안 되고 나머지는 먹지도 못할 데커레이션으로 푸짐하게 치장되어 있어 실속은 없고 잔뜩 비싸기만 하겠다 싶어서다.

그런데 그의 생각이 그렇게 그야말로 쓸데없는 데까지 미치고 있을 때다. 쌍피가 슬쩍 한 걸음을 앞으로 나아가며 남대식 회장의 뒤쪽으로 가까이 붙어 선다.

'왜?'

의문은 생기지만 쌍피가 그런다고 따라 해야 할 이유는 없어서 그가 그냥 멀뚱히 보고만 있는 중에,

"어이, 귀한 손님들이니 잘 모셔라!"

양조연이 불쑥 뱉는다. 별 시답잖은 선심을 다 쓴다 싶어서 그가 힐끗 시선을 주는데, 양조연이 입가에 희미하게 떠올려 놓은 미소에서 설핏 시린 냉기가 느껴진다. 바로 그때다.

"어, 엇?"

두 웨이터 중의 하나가 설핏 놀란 소리를 내면서 손에서 미끄러지기라도 한 듯이 들고 있던 접시를 쏟아버리는데, 하필이면 그것이 문장근을 덮친다.

"에이 씨!"

문장근이 당황에다 짜증 섞인 소리를 뱉으며 앉은 채로 급히 몸을 비틀어 피한다. 그런데 다시 그때다. 번뜩이는 예기두 가닥이 문장근과 남대식 회장을 동시이다시피 찔러든다. 칼이다. 어느 틈엔지 그 두 웨이터의 손에 길이 삼십 센티미터 정도의 칼이 한 자루씩 들려 있다. 아마도 안주 접시 밑에다 숨겨두고 있던 것이리라.

"이 새끼들이······?"

문장근이 다급하게 외치며 손에 잡히는 대로 테이블 위의 술병을 낚아채 웨이터에게 던지는 한편으로, 의자에 앉은 채 몸을 뒤로 젖히면서 찔러드는 칼날을 피한다. 그러나 그의 대응은 결국 조금 늦었다.

"윽!"

짧은 비명을 토하며 어깨를 부여잡는 문장근의 두툼한 손아귀 사이로 붉은빛이 비친다. 어깨를 찔리고 만 것이리라. 숨 돌릴 틈을 주지 않고 그 웨이터가 다시 문장근을 따라붙으며 칼을 그어온다. 그런 중에 그제야 경악과 당황을 추스른 무제한급 덩치 둘이 황급하게 문장근의 몸을 잡아채듯이 당겨 그들의 뒤로 보낸다. 이어 그들의 반밖에 되지 않는 웨이터의 체구를 아예 통째 짓눌러 버릴 듯이 덮친다. 그러나 그 순간 좁은 공간에서 두어 가닥의 예기가 살벌하게 번뜩이고,

"악!"

"큭!"

무제한급 덩치들이 경악의 비명을 토하며 펄쩍 뛰듯이 뒤로 물러난다. 그런 그들의 팔목과 어깨에서 빠르게 피가 배어나오면서 이내 흥건하게 옷자락을 적셔든다.

신랄한 공방

두 웨이터 중의 하나가 문장근을 기습하고 이어서 무제한

급 덩치 둘에게까지 칼질을 하는 일련의 과정을 김강한은 제대로 보지 못했다. 그것이 그야말로 순식간에 벌어지기도 했지만 그것 때문은 아니고 동시이다시피 벌어진 또 하나의 상황 때문이다. 다른 한 명의 웨이터에게 또한 급습을 당한 남대식 회장 쪽 말이다.

쌍피가 미리 기미를 감지하고 남대식 회장의 뒤쪽 가까이 붙어 서 있는 중이었기에 웨이터가 접시 밑에 숨겨놓은 칼을 꺼내 들고 남대식 회장을 찔러드는 그 순간에는 쌍피 역시도 무기가 준비되었다. 예의 그 양 주먹에 차는 반월형의 둥근 칼날 한 쌍이다.

챙!

채앵!

웨이터의 칼과 쌍피의 한 쌍 반월형 칼날이 치열하게 부딪치며 날카로운 금속성이 생겨난다. 그런 중에 그 두 종류의 섬뜩한 칼날은 빠르게 교차하며 서릿발처럼 공간을 베고 찌른다.

그러나 그 신랄한 공방은 금세 끝이 나고 만다.

"큭!"

나지막한 신음을 토하며 튕기듯 뒤로 물러난 건 웨이터다. 그런 그의 왼쪽 뺨에서부터 목을 가로질러 오른 어깨까지가 길게 베였고, 그 궤적을 따라 금세 피가 배어 나온다.

버스는 지나갔다

무제한급 덩치들이 상의 앞섶을 피로 흥건하게 적신 중에
도 문장근을 호위하며 주춤주춤 뒤쪽 벽을 향해 물러난다.
그들을 공격한 웨이터는 잠시간 갈등하는 기색이다. 여세를
몰아서 문장근을 쫓아 끝장을 낼 것인가, 아니면 또 다른 목
표물을 공격하다 의외의 일격을 당한 동료와 협력을 취할 것
인가에 대한 것이리라. 그런데 그때다.

"멈춰!"

양조연의 나직한 호통이다. 두 명의 웨이터가 즉시 물러나
며 양조연의 양쪽으로 벌려 선다. 그 틈에 벽에 기대서서 가
쁜 숨을 고르던 문장근의 염두가 빠르게 돌아간다. 양조연과
두 명의 웨이터가 문 앞을 막아서지 않고 있는 데 대한 염두
다.

'룸 밖으로 피할 것인가?'

그러나 양조연의 잔혹한 성향으로 볼 때 기왕에 일을 벌인
이상 반드시 끝을 보려 할 것이니 쉽게 퇴로를 열어줄 리 만
무하다. 그렇다면 룸 밖으로 나간다고 해서 안전해지기보다는
오히려 더 큰 함정이 도사리고 있을 공산이 크다. 문장근은
입술을 꽉 깨문다.

'안에서 버티는 게 낫다!'

그렇게 마음을 다잡고 나자 새삼 뒤늦은 후회가 생긴다. 처

음에 뜻밖에도 양조연이 수행원을 대동하지 않고 혼자였을 때, 그때 망설이는 게 아니었다. 남대식 회장의 동의를 구할 것도 없이 과감하게 결단을 내리고 그대로 양조연을 처버렸어야 했다. 그랬다면 이런 다급한 지경까지 몰릴 일도 없었을 것이다. 그러나 이미 버스는 지나갔다. 지금은 어떻게든 목숨을 부지하여 이곳에서 살아 나가는 게 급선무다.

강한 자의 특권

폭풍 뒤의 고요랄지, 혹은 폭풍 전의 고요랄지 잠시의 대치 상태가 이어지는 중에 그 고요를 깬 건 양조연이다.

"어이, 문장근이!"

그런 양조연의 입가에 능글거리는 웃음기가 매달려 있다. 문장근의 인상이 대번에 확 일그러진다.

"이런 시불 눔이 지금 누구한테 같잖은 아가리를 놀리고 지랄이야?"

문장근이 거친 반응인데, 양조연은 오히려 웃음기를 짙게 만든다.

"이봐, 뭔 말을 그렇게 섭섭하게 하나? 예전에 자네나 나나 똘마니이던 시절에는 잠시나마 한솥밥도 먹던 사이 아닌가? 그때의 정을 생각해서 내 충고하는데, 이제 그만할 때도 되지 않았나? 너무 무리하지 말고 어디 조용한 시골에라도 가서 남은 인생 편안하게 지내는 게 좋지 않겠냐고."

"개새끼! 아가리 닥쳐라!"

문장근이 상처 입은 맹수처럼 으르렁대는 것을 남대식 회장이,

"문 회장, 잠깐만."

하고 제지하고는 다시 양조연을 향한다.

"양 회장, 서로 좋은 결론을 내자고 만든 자리에서 이러는 건 좀 아니지 않소?"

"좋은 결론?"

양조연이 나직이 반문하고는 가만히 남대식 회장을 직시하며 덧붙인다.

"이제 보니 우리 남 회장도 뭘 한참 모르시는 것 같네? 이 바닥에서 결론을 내는 건 어차피 강한 자의 특권 아니오? 무슨 말인지 모르겠소? 결론은 오직 이 양조연만 낼 수 있다는 얘기요."

"허허!"

남대식 회장이 차라리 실소하고 마는데, 양조연이 차갑게 표정을 가라앉히며 다시 말을 잇는다.

"그리고 남 회장 당신도 그만큼 해먹었으면 돈도 챙길 만큼 챙겼을 텐데, 이제 그만 조용히 물러날 때가 된 거 아뇨? 돈이 아무리 좋아도 죽어서 무덤까지 싸 짊어지고 갈 것도 아닌데, 개똥밭에 굴러도 이승이 좋다고 일단 목숨이 붙어 있어야 뭐

라도 할 거 아뇨?"

"음!"

남대식 회장이 이윽고는 무거운 탄식을 뱉고 만다. 양조연이 기왕에 발톱을 드러낸 바이긴 하지만, 이제는 아주 노골적이다. 결국 양조연은 처음부터 이럴 생각이었던 것이다.

하긴 남대식 회장으로서도 협상 자체를 기대한 건 아니다. 그가 기대한 것은 오히려 이런 돌발적 상황일 수 있고, 그럼으로써 파생될 또 다른 돌발적 변수들이다. 그러나 긴장과 압박을 이기지 못한 심장이 터질 듯이 세차게 뛰노는 것은 그로서도 어떻게 해볼 수가 없는 노릇이다. 늙었음을 새삼 절감하는 순간이다.

이제 진짜배기로

쾅!

김강한의 바로 곁에서 벼락 치는 소리가 난다. 문장근이다. 그가 벽 쪽으로 밀쳐져 있던 집기 중에서 작은 보조 테이블 하나를 내려치는 소리다. 작다고는 해도 제법 튼튼해 보이는데, 문장근의 그 한 번의 화풀이에 테이블의 굵은 나무로 된 다리 네 개가 옆으로 뻐드러지며 풀썩 주저앉고 만다.

"개새끼! 내 처음부터 이럴 줄 알았다! 양조연이 너 이 족제비 같은 새끼가 분명히 무슨 수작을 부릴 줄 알았다니까! 그래, 시불 눔아! 오늘 니가 죽든지 내가 죽든지 아주 결판을 내자!"

문장근이 격분하여 거칠게 소리친다. 그러나 양조연은 여전히 느긋하다.

"흐흐흐! 하여간 저 돼지 새끼는 사람 말을 도통 못 알아들어요. 어이, 문장근이. 결판은 니가 내는 게 아니고 내가 내는 거라니까. 그리고 어떻게 낼지도 이미 다 정해져 있어. 니가 돼지는 걸로 말이야. 자, 그럼 말 나온 김에 다시 시작해 보자고. 맛보기는 끝났고 이제 진짜배기로 말이지."

이어 양조연이 바깥을 향해 소리친다.

"들어와!"

같지가 않다

문이 열리며 안으로 성큼 들어서는 자들은 흰 가운에 앞치마 차림의 주방 직원 셋이다.

그들 중 둘은 손에 커다란 주방용 칼을, 그리고 나머지 하나는 갈비 짝을 토막 치는 데나 쓰일 법한 손도끼를 들었는데, 그런 형상으로 주방을 벗어났다는 사실만으로도 위협을 느끼기에 충분하다고 하겠다. 그런 데다 지금 그들이 굳이 감추지 않고 드러내 보이는 적의(敵意)는 송연한 소름을 돋게 만든다.

주방 직원 셋의 뒤를 이어 또 한 사람이 룸 안으로 들어선다. 호리호리한 체구에 차분한 걸음인 그는 바로 밀레의 여섯 직원 중 마지막 하나인 매니저다. 기왕의 다른 다섯 직원의 예(例) 때문에라도 룸 내의 시선이 저절로 매니저의 손을 보게 되는데, 그는 예외적이게도 빈손이다. 다만 다른 자들과 차이를 느낄 수 있을 만큼 침착하고 차분하다는 데서 그에게도 뭔가가 있지 않을까 하는 느낌을 받게 된다. 또한 그럼으로써 앞서의 다섯과 마찬가지로 그 역시도 이제 더는 룸살롱 매니저 같지가 않다.

정말 죽일 건데?

"잠깐만, 양 회장. 정말 어떻게 하려는 거요?"

묻는 남대식 회장에게서는 다급한 중에도 침착하려 애쓰는 빛이 역력하다.

양조연이 차갑게 웃으며 웨이터와 주방 직원들을 향해 가볍게 손을 들어 보인다.

그것으로 룸의 일촉즉발의 긴장이 조금쯤은 누그러지는 중에 양조연이 건조한 투로 뱉는다.

"어떻게 하고 말고가 어디 있어? 기왕에 여기까지 와버렸는데! 그냥 끝장을 보는 거지!"

"설마 우리를 죽이기라도 하겠다는 거요?"

남대식 회장의 그 물음을 때늦은 후회쯤으로 여겼는가?

"흐흐흐."

양조연이 나직이 소리 내어 웃고는 이어 뱉는다.

"설마라고? 아직 실감이 안 되는 모양인데 어쩌지? 지금 그냥 겁주는 거 아닌데? 정말 죽일 건데?"

"죽이겠다고? 우리 여섯 명 전부 다 죽이겠다는 말인가?"

"이 양반이 죽을 때가 되니 앞뒤 계산도 잘 안 되는 모양이네? 기왕에 죽이는 건데, 하나를 죽이건 여섯을 죽이건 무슨 차이가 있을까?"

"으음!"

남대식 회장이 이윽고는 신음처럼 무거운 탄식을 뱉고 마는데, 그의 그런 모습에 양조연이 다분한 조롱조를 보탠다.

"그러게 어쩌자고 바락바락 대들고 지랄들을 떨어, 떨기를? 적당히 좀 알아서들 기었으면 피차간에 이런 험악한 꼴은 안 봐도 됐을 거 아냐? 그러나 이젠 늦었어! 이젠 대가리 처박고 살려달라고 빌어도 소용없으니까 괜히 마지막 가는 순간까지 추하게 굴지 말고 그냥 곱게 죽어!"

뒤늦게 등골을 타고 흐르는 전율에 남대식 회장이 반사적으로 옆을 돌아본다.

그러곤 조상태가 곁에 서 있다는 것을 새삼 확인하고 나서야 겨우 마음을 추스른다.

죽여!

"우리를 죽이면 너는 무사할 것 같으냐?"

짓눌린 듯이 조금쯤 떨려 나온 목소리는 문장근의 것이다. 양조연이 느긋하게 문장근 쪽으로 시선을 주고는 피식 실소하며 받는다.

"나? 나야 물론 무사하지!"

그러곤 다시 느긋하게 덧붙인다.

"왜? 혹시 바깥에 깔아놓은 니네 애들이 뭘 어떻게 해줄 거 같아? 후훗! 꿈 깨라! 윗대가리가 깨지면 그 밑의 놈들이야 그냥 강한 쪽을 따라가는 게 이 바닥의 생리 아니겠어? 또 뭐? 나도 감방에 갈 거라고? 그딴 소리로 겁이라도 주고 싶은 거야? 호호호! 어이, 돼지 새끼! 장사 1박 2일 해보냐? 나 양조연이가 감방엘 간다고? 노! 네버! 그럴 일은 절대 없지! 왜냐고? 아주 간단해! 니네들이 죽는 건 나하고는 아무런 상관도 없는 일로 될 거거든! 흠! 그러니까 그게 어떻게 되는 건가 하면 말이야!"

그러더니 양조연은 또 고개를 가로젓는다.

"이것 참, 진짜 흥미진진한 얘긴데, 안타깝게도 얘기해 줄 시간이 없네?"

이어 양조연의 얼굴에서 돌연 웃음기가 사라진다. 그가 차갑게 가라앉은 목소리로 뱉는다.

"죽여!"

꼼수

예의 그 커다란 주방용 칼과 손도끼를 앞으로 겨누며 성큼 앞으로 나서는 주방 직원 셋의 기세는 앞서의 웨이터들과는 또 확연히 다르다.

살기 등등. 죽이겠다는, 반드시 죽이고야 말겠다는 살기가 소름 끼치도록 노골적이다.

문장근이 슬그머니 무제한급 덩치들의 상의 자락을 잡아당 긴다. 그리고 조심스레 뒷걸음질을 친다. 남대식 회장과의 거 리를 벌리며 안쪽 구석을 향해 물러나는 것인데 꼼수다. 당장 의 싸움에서 일단은 피하고 봄으로써 최대한 전력을 비축해 두겠다는.

쌍피가 남대식 회장을 뒤로 두며 한 걸음 앞으로 나선다. 단지 그것만으로도 거칠 것 없이 치고 들어올 것 같던 주방 직원들의 기세가 멈칫한다. 아마도 웨이터들로부터 쌍피에 대 한 경고를 이미 들은 것이리라.

나사나 풀고 있을 상황은 아니다

쌍피와 주방 직원들이 잠깐의 대치를 이루는 동안, 김강한은 흘깃 주변을 살핀다. 손에 잡을 만한 것이 있나 찾아볼 요량에서이다. 물론 이런 곳에서 놈들이 들고 있는 거창한 칼과 손도끼 등에 비견할 만한 무기를 찾을 수는 없겠지만.

잠시 훑어보던 중에 그나마 눈에 띄는 게 하나 있기는 하다. 아까 문장근이 내려치는 바람에 주저앉은 테이블이다. 좀더 정확하게는 테이블 아래로 삐드러져 나온 나무 다리다. 비록 무기로는 실용성이 떨어지는 형상을 지녔지만, 아쉬운 대로 손에 들고 휘둘러 볼 수는 있겠다 싶다.

쌍피와 주방 직원들의 대치가 조금은 더 유지될 것으로 보여서 김강한은 슬그머니 옆 걸음질로 눈독 들인 테이블을 향해 다가간다.

그가 테이블 아래의 다리 하나를 발로 툭툭 건드려 보는데, 삐드러져 덜렁거리기는 하지만 막상 테이블에서 다리를 분리해 내기는 쉽지가 않아 보인다. 다리와 테이블 상판이 여러 개의 나사로 체결되어 있는데, 나사가 헐거워진 상태로도 제법 단단히 버티고 있는 때문이다. 힐끗 쌍피 쪽을 살핀 그의 입꼬리가 실룩거린다. 이윽고 격돌이 시작되려는 조짐이 보여서다. 한가로이 퍼지고 앉아서 나사나 풀고 있을 상황은 아닌 것이다.

무기

시종 김강한에게서 시선을 떼지 못하고 있던 남대식 회장의 표정에 설핏 의아함이 스친다.

'이 엄중한 와중에 저게 도대체 뭐 하는 짓인가?'

그런 심정이리라.

잔뜩 긴장한 기색 중에도 의아함을 금치 못하는 모양새는 두 무제한급 덩치들도 마찬가지다.

쾅!

테이블 상판이 허공을 날아가 벽에 부딪친다. 김강한이 테이블 다리 하나를 붙잡고 발로 상판을 걷어찬 결과다.

그런데 그 테이블 상판이 떨어진 곳이 하필이면 문장근과 두 덩치가 물러나 있는 근처다. 김강한이 테이블 다리 하나를 들고 남대식 회장의 곁으로 돌아가는 걸 얼떨떨한 얼굴로 보고 있던 덩치들이 재빠르게 움직여 테이블 다리 하나씩을 붙잡는다.

우직!

와작!

덩치들이 테이블 다리 하나씩을 뜯어내는데 볼트인지 나사 못인지 금속 부품이 후드득 바닥에 흩어진다. 그런데 덩치들의 그런 행위가 그처럼 간단했다는 점에 대해서는 사뭇 애매해지는 부분이 있다. 무제한급 덩치들의 힘이 '누구'보다는 월등히 좋은 건지, 아니면 예의 그 '누구'가 걷어차서 벽에 부딪치게 한 덕에 테이블 상판과 다리의 체결 부분이 한층 더 헐거워진 때문인지.

극강의 사내

　남대식 회장이 잇따른 당황과 놀람, 두려움 따위에 질려 숨통이 막히던 참에 조상태가 손에 든 테이블 다리를 허공에다 가볍게 한번 휘두르는 것을 보면서는 가만히 숨을 들이켠다.

　비록 조상태의 그런 행동이 당장의 절박한 상황과는 사뭇 어울리지 않아 보이는 것일지라도, 조상태가 그의 곁에 있다는 사실을 새삼 확인하는 것만으로도 숨통이 트이는 기분이다.

　나아가 그 어울리지 않는 행동이 조상태가 그를 지켜주겠다는 의지를 보여주는 것이리라는 해석에서 그는 커다란 안도를 느낀다.

　조상태.

　그가 아는 한에는 가장 강한 극강의 사내다.

특별한 느낌

　채챙!

　타다탕!

　둔하고 혹은 날카로운 금속성 속에서 칼과 손도끼가 마구

난자하는 공간의 틈바구니를 쌍피가 위태롭게 헤치고 있다.

그런 중에 양조연의 곁에서 상황을 지켜보고 있던 예의 그 매니저가 천천히 걸음을 내디디며 문장근이 있는 쪽을 향해 다가간다.

무제한급 덩치들이 당장에 흠칫 곤두서며 문장근의 앞을 막아 나선다. 다만 그런 덩치들에게서는 조금쯤 긴장이 누그 러진 듯도 보인다. 아마도 매니저에 비해 자신들의 체구가 근 두 배쯤이나 되어 보이고, 더욱이 상대가 아무것도 들지 않 은 맨손이라는 점에 대해서일까? 이윽고 덩치들이 손에 든 테이블 다리를 곧추세우고 한 걸음만 더 가까워지면 무지막 지하게 휘두를 태세인데, 순간 매니저가 오히려 속도를 빨리 한다.

"새애끼!"

왼쪽의 덩치가 기합처럼 외치며 예의 그 테이블 다리로 매 니저의 머리를 후려갈겨 간다. 그 순간이다. 매니저의 한 손이 설핏 허리춤을 더듬는데, 덩치의 무지막지한 공격에 대한 대 응으로 보기에는 엉뚱하고도 무력하다. 그런데 다시 다음 순 간이다.

무언가 회색의 길쭉한 물체 하나가 나풀거리며 풀려나오며 '파르릉!' 하는 떨림으로 공간을 울린다. 이어 그것은 돌변하 며 잔뜩 독 오른 독사의 대가리처럼 빳빳하게 몸을 치켜세운 다.

김강한이 설핏 미간을 모은다. 뭔가 특별한 것을 느끼면서다. 기감이랄까? 다만 그가 지금까지 체감해 본 기감과는 좀 다르다.

세기로 봤을 때는 상대적으로 약하다 싶은데, 대신 섬뜩할 정도로 날카롭고 예리하다. 기감의 근원은 매니저로부터다. 좀 더 정확하게는 어느 틈에 매니저의 손에 들려 있는 예의 그 회색의 길쭉한 물체, 마치 살아 있기라도 한 듯이 매섭게 낭창거리는 한 자루 연검(軟劍)으로부터다. 그것이 검을 매개로 해서 운용된다는 점에서 그의 금강부동공에서 비롯되는 내공과는 사뭇 달라 보인다. 그러나 그것 또한 내공으로부터 비롯되는 것임이 틀림없다는 직감이다. 다른 형태의 내공. 처음이다. 그 말고 이토록 분명하고도 확연하게 내공을 쓰는 자를 보는 건.

번뜩!

한 줄기의 섬광이 공간을 가른다. 시리도록 예리한 빛줄기다.

"엇?"

의문의 느낌이 담긴 소리를 흘리며 덩치가 움츠린 모양새로 비틀거리더니 털썩 주저앉고 만다.

덩치가 다시 일어서려고 잠시 애를 써보지만, 이내 아예 바닥으로 허물어지고 만다.

"크으… 윽!"

뒤늦게 고통의 비명을 내지르는 덩치의 어깨와 허리, 그리고 무릎 부위의 옷자락이 빠르게 벌건 빛으로 젖어들고 있다. 예의 그 연검에 당한 것일 텐데, 언제 어떻게 당했는지, 혹은 베였는지, 찔렸는지조차 알 수 없는 노릇이다.

바닥에 널브러진 채로 꿈틀거리는 덩치를 물끄러미 내려다보는 매니저의 모습은 이제 왜소하지 않다.

그 무심한 냉혹함은 소름 끼치도록 잔혹한 집행자의 모습이다.

그때다. 뒤쪽으로 다가든 다른 한 명의 덩치가 매니저의 정수리를 노리고 테이블 다리를 내려친다. 그러나 매니저는 이미 예측하고 있었다는 듯이 가볍게 몸을 회전시키며 그 흐름 그대로 연검을 떨쳐낸다.

파르릉!

검신(劍身)이 떨리는 소리가 소름을 돋우며 번뜩이는 섬광이 공간을 가른다.

"크윽!"

덩치가 고통스러운 비명을 토하며 바닥으로 무너진다.

이번에 김강한은 볼 수 있었다. 섬광이 번뜩이는, 그야말로 찰나의 순간에 매니저의 연검이 덩치의 왼 발목을 얇게 베고, 이어 오른 무릎을 베고, 다시 위로 올라오며 허리에서 어깨까지를 길게 대각선으로 베는 광경을.

그런 종류의 웃음에 대해서는

　김강한은 설핏 인상을 찡그린다. 매니저가 천천히 시선을 돌리고 있는데, 이제는 정제되어 가라앉은 살기를 여실히 감지할 수 있는 그 시선이 향하는 곳이 바로 남대식 회장 쪽이기 때문이다.

　매니저가 곧장 움직이기 시작한다. 김강한이 성큼 한 걸음을 사선으로 내딛는 것으로 남대식 회장의 앞을 가로막아 선다.

　매니저가 걸음을 멈추며 김강한에게로 시선을 맞춘다. 그의 그런 모습은 마치 이제야 김강한의 존재에 대해 의미를 부여한다는 듯하다.

　김강한은 설핏 당황스럽다.

　매니저가 문득 떠올린 희미한 웃음기에 대해서다. 건조하고도 무심한 미소다. 그러나 김강한이 당황한 건 그야말로 설핏 그런 것뿐이다. 사실 그런 종류의 웃음에 대해서라면 그는 이미 상당한 내성을 가진 터다. 쌍피가 드물게 짓는 웃음과 사뭇 비슷한 점이 있으니 말이다. 김강한의 그저 담담한 시선에 대해 매니저가 희미하게 이채를 떠올리더니 다시 무표정으로 돌아간다.

　파르릉!

　연검이 가볍게 몸을 떨며 빳빳하게 곧추선다. 그것으로부터 파생된 기세가 공기 중에 무형의 파동을 그리며 면면히 밀려 나온다.

김강한은 허리 뒤로 감추듯이 늘어뜨리고 있던 테이블 다리를 앞으로 들며 천천히 매니저를 향해 겨눈다.

일검삼화(一劍三花)

매니저의 무표정에 다시금 한 가닥의 이채가 떠오르더니 이내 희미한 실소로 번진다.

우스꽝스럽다고 할 수밖에 없는 조합에 대한 어쩔 수 없는 실소다.

그의 연검이 빠르고 세밀하며 변화무쌍하다면 상대의 무기는 둔하고 느리니, 그 조합은 상극일 수밖에 없다. 더욱이 상대의 자세에는 무수한 빈틈이 드러나 있다.

그러나 검을 든 이상 어떤 상대에게라도 방심은 금물이다. 그는 내공을 운기한다. 그리고 그것을 검에 담는 순간 곧장 떨쳐낸다.

파르릉!

검신(劍身)이 맹렬하게 떨리며 섬광을 토해낸다. 세 가닥의 번뜩임이 찰나의 순간에 상대를 휘감는다. 일검삼화(一劍三花)의 초식이다. 그가 연마한 몇 수의 검초 중 가장 완벽한 성취를 이루었다고 자부하거니와 지금껏 실전에서 단 한 번도 실패한 적이 없다.

검(劍)의 첨극(尖極)은 한 치의 오차도 없이 상대의 왼 발목을 베고, 이어 오른 무릎을 베고, 다시 위로 올라가며 허리에서 어깨까지를 길게 대각선으로 베어버린다.

기묘한 벽

매니저의 얼굴이 순간 딱딱하게 굳고 만다. 그의 일검삼화는 분명히 완벽하게 펼쳐졌다. 그런데도 상대는 멀쩡하니 선채로 무덤덤한 빛으로 그를 보고 있다.

'벽!'

찰나의 순간에 그는 그렇게 느꼈다. 상대의 몸에 밀착되다시피 하는 윤곽을 가졌으며, 강한 탄력과 아주 미끄러운 표면을 지닌 무형의 벽.

검기의 단계에는 미처 이르지 못했더라도 내력이 주입된 그의 검은 웬만한 두께의 나무쯤은 간단히 베어버린다. 그러나그의 검이 일으킨 일검삼화의 모든 변화는 그 기묘한 벽에 가로막히며 여지없이 튕겨나고 미끄러져 버렸다. 당황스럽다.

그때다. 상대가 쭉 미끄러지듯이 단숨에 거리를 좁혀오는데, 또한 이해할 수 없는 쾌속함이다. 이어 상대는 그 우스꽝스러운 무기를 든 손은 뒷짐을 지듯이 허리 뒤로 돌려놓은 채로 나머지 한 손의 주먹과 손목, 팔꿈치와 어깨, 거기에다 양쪽 발과 무릎까지를 기묘한 각도와 연타의 조합으로 작렬시킨다.

퍼퍼픽!

밀착되다시피 좁은 공간에서 창졸지간에 폭발적으로 터지는 상대의 타격에 그는 막을 틈도, 방법도 없이 속절없이 허물어지고 만다.

특유의 무심함으로

채챙!

타탕!

날카롭게 울리는 금속성에 김강한의 시선이 퍼뜩 쌍피에게로 향한다.

치열한 공방 중에 쌍피가 밀리고 있다.

세 명의 주방 직원은 잘 짜인 공수의 조합으로 합공을 펼치고 있다. 역시 평범한 자들이 아니다. 아무리 3 대 1이라곤 하지만 천하의 쌍피가 속절없이 밀리고 있다는 사실만으로도.

채채챙!

타타탕!

칼과 손도끼, 그리고 쌍피의 손칼이 더욱 극렬하게 어우러지는 중에 주춤주춤 밀려나는 쌍피에게서 다급한 빛이 뚜렷해진다.

더욱이 그런 쌍피의 몸 곳곳에서 언뜻 핏자국까지 비치고 있다는 데서 김강한이 더는 여유를 부릴 수 없다. 그가 테이블 다리를 상단세로 치켜든다. 그리고 성큼 한 걸음을 내딛는데, 이어 그의 몸이 곧장 화살처럼 쏘아져 나간다. 보결(步訣)에 이은 행결(行訣)이다.

김강한의 갑작스러운 개입에도 불구하고 그들 세 주방 직원의 대응은 즉각적이고도 유기적이다.

오른쪽의 칼 든 자는 쌍피에 대한 공세를 계속 이어가고, 가운데의 손도끼를 든 자와 왼쪽의 칼 든 자는 각각 김강한의 정면과 측면 옆구리를 노리며 마주쳐 나온다. 그러나 김강한은 우선의 목표로 잡은 중앙의 손도끼만을 계속 노려간다.

김강한의 테이블 다리가 손도끼를 든 자의 정수리를 내려칠 때, 그를 협공해 오던 손도끼와 칼 또한 각각 그의 안면 중앙을 쪼개오고 왼 옆구리로 박혀든다. 그러나 그것들은 외단의 벽에 부딪히며 하릴없이 미끄러져 나간다. 뿐이랴. 한순간 그 둘의 몸은 사방이 꽉 끼는 무형의 단단한 틀 속에 갇히면서 움직임이 구속된다.

퍼석!

정수리에 떨어진 무거운 충격에 손도끼를 든 자가 그대로 풀썩 주저앉는다.

아찔하니 빛을 잃어가는 그의 동공에서는 고통보다는 차라리 경악과 의혹으로 가득하다. 그리고 그때 김강한의 테이블 다리는 짧고 유연한 회전으로 방향을 바꾸며 다시 왼쪽 상방을 올려 친다.

퍼억!

칼 든 자의 머리통이 크게 돌아가면서 연이어 몸 전체가 측면으로 고꾸라진다.

그 졸지의 상황에 쌍피를 공격하던 자가 황급히 몸을 빼서 옆으로 돌아 나간다.

"괜찮아?"

김강한이 쌍피에게 묻는다. 그러나 쌍피는 대답 대신 용수철처럼 몸을 튕겨 나가며 몇 걸음쯤 거리를 벌리고 있는 자를 단숨에 따라잡는다.

채챙!

짧고 격렬한 금속성에 더해 몇 가닥의 빛이 번뜩이는 중에,

"크윽!"

다급한 비명 소리가 토해진다. 그리고 무릎을 꿇듯이 무너지는 상대를 등 뒤로 두고 쌍피가 성큼성큼 김강한에게로 되돌아온다.

특유의 무심함으로.

그 쉽고도 간단한 행위가

김강한은 천천히 시선을 돌린다. 양조연을 향해서다. 그리고 그는 문득 볼일이 생각났다는 듯이 성큼성큼 양조연을 향해 다가간다. 양조연의 양옆으로 서 있던 웨이터 둘이 재빨리 앞으로 나서며 칼을 겨눈다.

김강한이 걸음을 늦추지 않자 그들의 칼은 곧장 그의 얼굴과 목, 그리고 몸통의 급소를 동시에 찌르고 베어든다. 그러나 김강한이 그 칼들을 아예 무시하고 간단히 휘두르는 테이블 다리에,

퍽!

퍼억!

웨이터들은 비명을 지를 겨를도 없이 바닥으로 나동그라지고 만다.

그때다. 어깨를 잔뜩 움츠리듯이 하고 지켜보던 양조연의 한 손이 급하게 품속으로 들어간다. 그러나 그는 별안간 얼어붙기라도 한 듯이 품속의 손을 다시 빼지는 못한다. 그런 틈에 느긋하게 다가선 김강한이 양조연의 손목을 틀어잡고 밖으로 빼낸다. 밖으로 나온 양조연의 손에는 권총 한 자루가 쥐어져 있다.

양조연은 극도의 경악과 당황에 빠지고 만다. 이미 방아쇠에 걸려 있는 손가락을 당기려 안간힘을 쓰는데도 그 쉽고도

간단한 행위가 도무지 되지를 않는다.

이건 욕에 대한 대가일 뿐이고!

"이… 개새끼야!"

양조연이 악에 받친 소리를 씹어뱉는다. 그런 데 대해서는
김강한이,

"뭐?"

시큰한 반문으로 받고는 움켜잡고 있던 손목을 그대로 돌
려서 꺾어버린다.

우두둑!

손목의 뼈가 비틀려 부러지는 소리가 모질다.

양조연이 입을 딱 벌리며 극렬한 고통을 호소하지만, 막상
비명을 내지르지는 못한다. 어느 틈에 마혈과 함께 아혈마저
짚혀 버린 때문이다.

"이건 욕에 대한 대가일 뿐이고! 자, 그럼 이제 본론으로 들
어가 볼까?"

그것을 충분하게 만드는 방법

양조연이 잔혹한 심성의 소유자라는 사실에 대해 김강한이
이미 들어 알고 있는 바이거니와 방금까지 직접 목격한 것만

으로도 그 잔인성을 판단해 보기에는 충분하다. 더욱이 만약 그가 적절하게 제압하지 않았더라면 양조연은 서슴없이 그를 향해 권총의 방아쇠를 당겼을 것이다.

김강한도 이제 분명히 안다. 잔혹한 자를 상대해야 한다면 더욱 잔혹하게 다루어야 한다는 이치를. 비록 그것이 정의는 아닐지라도 적어도 통한다는 사실을. 그래서 주저 없이 손목을 꺾어버린 것이다.

물론 잔혹한 자를 굴복시키기에 그것만으로는 결코 충분하지 않다는 사실도 알고 있다. 그리고 그것을 충분하게 만드는 방법에 대해서도 알고 있을뿐더러 이미 몇 차례 그 방법을 실행해 본 바도 있다.

사력을 다한 절규이자 호소

지켜보는 사람들마저 치를 떨게 할 만큼의 지독한 고통과 처절한 비명, 그리고 간절한 호소가 한바탕 광란의 폭풍우처럼 거칠게 지나간다.

양조연은 땀과 눈물, 또 그의 몸이 내놓을 수 있는 모든 종류의 분비물로 범벅이 된 채로 기진맥진한 모습이다. 그러나 여전히 마혈이 제압된 탓에 마음대로 널브러지지도 못하고 처음의 자세 그대로 흐릿하게 풀어진 눈동자로나마 온 염원을 다해 고통과 공포를 호소하고 있다. 그런 그를 내려다보며 김강한이 나직하게 뱉는다.

"당신이 하려고 한 만큼 돌려준 거야. 아니, 아니지. 적어도 죽이지는 않았으니까 당신이 하려고 한 것만큼은 아닌 셈이지."

양조연의 안면 근육이 파르르 경련을 일으킨다. 김강한이 다시 말을 잇는다.

"이것 하나만 말해두지. 만약 다음에 다시 내가 당신에게 손을 쓸 일이 생긴다면 그때 당신은 오늘 죽지 못한 걸 뼈저리게 후회하게 될 거야."

양조연의 얼굴 경련이 눈 주변 근육으로 전이되며 빠르게 떨림을 일으킨다. 그것이 사뭇 치열하다는 데서, 아니, 나아가 결사적으로까지 보인다는 데서 그것은 사력을 다한 절규이자 호소이리라.

관철, 그리고 일말의 회의

세 명. 대한민국의 암흑계를 장악하고 있는 3대 메이저 조폭 조직의 보스들이 다시 마주 앉았다. 마치 아무 일도 없었던 것처럼.

얘기를 주도한 것은 남대식 회장이다.

그는 자신이 일관되게 주장하고 설득해 온 논리를 다시 폈고, 이번에는 다른 둘 중 누구의 이의도, 저항도 없이 원하는 전부를 만족스럽게 관철시킨다.

그러나 남대식 회장에게도 일말의 회의는 남는다.

이제 조폭 세계는 다시 원래의 상태로 돌아갈 것이다. 그러나 엄밀히 말하자면 완전하게 예전으로 돌아가지는 못할 것이다. 그들끼리는 예전 방식대로의 균형을 유지하게 되겠지만, 그들 세계 바깥의 누군가가 부탁을 해온다면 그들 중의 누구라도, 그 어떤 이유에서라도 감히 그 부탁을 거절하진 못하리라.

제1장

—

비상사태

그녀는 그럴 수가 없다

김강한은 오랜만에 진초희와 둘만의 오붓한 데이트를 하고 있다. 그녀가 헤드 오피스에서 퇴근하기를 기다려 보쌈이라도 하듯이 무작정 팔을 낚아채서는 한 블록쯤 떨어진 카페로 데리고 온 것이다.

그녀는 그의 무작정을 탓하지 않을뿐더러 무슨 이벤트라도 기대하는 듯이 사뭇 설레 하는 기색까지 비친다. 그녀의 그런 모습에 그는 기분이 좋으면서도 한편으로는 괜한 투정도 생긴다. 요즘 그녀가 아무래도 예전과는 조금 달라진 것 같다는 느낌에서 나오는 투정이다.

물론 그는 안다.

설령 그녀가 정말로 이전과 달라졌다고 치더라도 근본적인 것이 달라질 건 없다는 사실을. 아니, 달라질 수 없다는 사실을.

그와 그녀 사이에 존재하는 어떤 운명적인 부분―다만 그런 느낌일 뿐이고 그 스스로도 이해할 수 없는 부분이긴 하지만, 언제부터인가는 그런 게 있긴 있다는 정도로 인정하고 있는―때문에라도 그녀는 달라질 수가 없다. 더불어 비록 짧은 시간에 불과하다고 할 수도 있겠지만 지금껏 그와 그녀가 공유해 온 시간, 생사마저도 초월한 그 시간 때문에라도 그녀는 그럴 수가 없다.

내가 뭘 어쨌다고?

진초희의 서글서글한 두 눈이 문득 촉촉해지는가 싶더니 금세 굵은 눈물방울을 만들어낸다.

'이런……!'

기어코 사달이 벌어지고야 만 것이다. 김강한이 흠칫 당황스러운 중에 한편으로는 차라리 황당하다.

'내가 뭘 어쨌다고?'

그는 그저 약간의, 아주 가벼운 정도의 투정을 좀 부렸을 뿐이다. 둘만의 시간이 오랜만이니까 그런 정도쯤이야 흔쾌히 받아주리라 믿으면서.

'요즘에는 가끔 다른 사람처럼 보인다. 자리가 사람을 만든다는 말도 있다지만, 거대 재단의 최대 출자자에다 실질적인 최고 운영자가 되어서 그런가? 괜한 내 느낌인지는 몰라도 하여튼 이전과는 뭔가 다른 느낌일 때가 있다.'

뭐, 그런 정도의 말을 그저 농 반 투정 반으로, 그야말로 가볍게 던져본 것뿐이다. 아니, 그 정도 투정도 못 부리냐고? 투정이 괜히 투정이겠는가? 진심이야 다 알고 있지만 그냥 괜히 한번 툭툭거려 보는 것 아니겠나 말이다.

배꽃을 본 적은 없지만

진초희는 한참이나 눈물 바람이다. 김강한이 미안하다는 말을 하기도 섣부르다 싶어서 짐짓 무심하게 버틴다. 그러나 사정 모르는 사람들에게는 '나쁜 남자'로 매도당하기 딱 좋은 상황이다.

그녀가 조금 진정되는 기미가 보이자 그가 얼른 손수건을 건넨다. 다행히도 그녀는 그것까지는 내치지 않고 순순히 받아서 눈물을 훔친다.

'아름답다!'

그는 새삼, 혹은 뒤늦게야 그런 생각을 해본다. 엷게 한 눈

화장과 볼터치가 조금 지워진 모습까지도 귀엽다. 그녀가 그에게로 함초롬한 시선을 맞춘다.

"난 달라지고 싶지 않아요. 당신에게는 늘 같은 나이고 싶어요."

그녀의 그 말에는 그가 대번에 굴복하지 않을 수 없다. 뿐더러 애써 참고 있던 말이 있기에 바쁘게 주워섬긴다. 미안하다! 내가 괜한 말을 했다! 그냥 아무 생각 없이 한 말이다!

그녀는 그저 배시시 웃기만 한다. 어디선가 본 시어(詩語)인지 문장인지가 문득 생각난다.

'비에 젖은 배꽃 같다!'

바로 이런 느낌일까? 배꽃을 본 적은 없지만.

단둘이 있을 때만큼은

사실 최근의 그녀는 의외의 모습을 많이 보여주고 있다. 평상시에 굳이 드러내지 않던 훌륭한 점들을.

소신!

강단!

냉철함!

명민함!

그런 점들은 심지어 그가 인정해 마지않는 이철진과도 맞먹을 만큼으로 보이기도 한다.

그러나 그녀의 그러한 훌륭한 점들에 대해서 솔직히 그는 별로 마뜩하지가 않다.

백번 양보해서 다른 때는 얼마든지 훌륭하고 완벽해도 좋지만, 그와 단둘이 있을 때만큼은 그러지 않기를 바라는 마음이다.

적어도 그때만큼은 무조건 약한 여자이기를, 그의 보호를 필요로 하는 연약한 여자이기를.

그가 처음부터 좋아한 그녀는 그런 여자였으니까.

슬그머니 *빠져나갈* 필요까지는 없는 일

김강한 등에게 주중은 서울 쉼터에서 보내고 주말은 근교 대건 빌라의 아지트로 돌아오는 생활 패턴은 이제 제법 익숙하다.

물론 서울에서 그들은 대개 두 개 파(?)로 나뉜다.

즉 이철진과 진초희는 주로 헤드 오피스에서 재단 관련 업무를 본다. 그리고 나머지 김강한과 쌍피, 중산은 오피스텔의 쉼터에서 팔자 좋게 빈둥거리며 지내는 것이다. 그런 까닭에 그들이 온전한 '우리'로 함께하는 것은 오히려 주말의 아지트에서다.

그러나 이번 주말은 일시적 예외다.

토요일 저녁 무렵에 김강한과 진초희가 슬그머니 아지트

를 빠져나간 것이다. 지난번 서울에서 잠깐 가진 데이트가 아쉬워서이기도 하고, 또 늘 붙어 지내다시피 하는 주변의 시선과 관심으로부터 잠시라도 온전히 벗어나고 싶어서이기도 하다.

사실은 두 사람이 그들만의 시간을 가지는 데 대해서 굳이 이유를 달거나 더욱이 슬그머니 빠져나갈 필요까지는 없는 일이다. 두 사람이 어떤 사이인지는 이미 공공연한 사실이니 말이다.

못마땅한 부분

중산은 사뭇 못마땅하다. 김강한과 진초희가 슬그머니 아지트를 빠져나간 데 대해서다.

아니, 그냥 아지트에서 데이트를 해도 충분할 텐데, 주중 내내 진을 뺀 그 시끄럽고 공기 안 좋고 복잡한 서울 시내로 굳이 다시 나갈 필요가 어디에 있는가 말이다.

이곳 아지트의 실내외 환경이 훌륭하다는 것은 더 말할 나위가 없다. 헬스와 스파 등 각종의 고급 편의시설이 잘 갖춰져 있으니 실내에서 데이트를 즐기기에도 부족함이 없다.

그게 싫다면 실외로 나가도 좋으리라. 원래부터가 대단위 전원 빌라 단지로 개발된 터라 넓은 대지 곳곳에 작은 숲과 공원이 아기자기하게 잘 꾸며져 있으니 얼마든지 만족스러운 데이트를 할 수 있을 것이다.

그러나 피 끓는 청춘 남녀가 데이트 좀 하겠다는데 그들이 서울로 가건 제주도로 가건 제삼자가 뭐라고 할 건 또 아닐 것이다.

사실 그의 진짜 속마음은 걱정이다. 두 사람이 24시간 이중 삼중의 보안시스템이 가동되는 이곳 아지트를 두고서 상대적으로 덜 안전할 수밖에 없는 서울로 굳이 나간 데 대한, 결국은 진초희의 안전에 대한.

"데이트를 하던 뭔 짓을 하던 이 안에서도 얼마든지 하고도 남겠구만, 왜 굳이 복잡한 서울 시내까지 나가겠다는 건지 도대체 이해를 못 하겠네."

중산이 괜스레 구시렁거려 본다.

일종의 경호 본능 같은 것이랄까? 진초희가 어떤 상황에서라도 가장 안전해야만 한다는 책임감 같은 것, 혹은 일종의 강박감 같은 것에서 그는 여전히 벗어나지 못하고 있다.

그렇다고 그가 크게 걱정을 하는 건 또 아니다. 그녀의 곁에는 김강한이 있다.

김강한과 함께 있다는 것 자체가 최선의 안전장치라는 사실을 가장 잘 아는 사람 중의 하나가 바로 그인 것이다. 다만 그럼에도 불구하고 진초희가 일단 시야에서 보이지 않으면 그는 괜히 불안해진다.

소리

저녁 식사를 할 겸 그들은 아지트 1층에 모여 있다.

이철진의 수행 비서인 이세영이 가사 담당의 유창진을 보조하여 요리가 담긴 접시들을 식탁에 옮겨놓는다. 평소 같았으면 식탐을 참지 못하고 슬그머니 요리를 집어가는 젓가락이 있었을 터이지만, 오늘은 누구도 선뜻 수저를 들지 않는다. 사실 그 '슬그머니 요리를 집어가는 젓가락'의 주인은 주로, 아니, 항상 김강한이다. 그런 까닭만으로도 일곱 중에서 둘, 김강한과 진초희가 빠진 자리의 허전함을 나머지 다섯은 새삼 실감하게 된다.

쌍피는 문득 어떤 느낌을 접한다. 느낌이라기보다는 직감 같은 것이랄까? 그리고 그것이 그를 점점 불편하게 만든다는데서 그는 그것의 실체에 대해 가만히 집중한다.

그가 지금까지 살아오면서 경험으로 체득한 바다. 이런 종류의 느낌, 혹은 직감을 간단히 무시하기보다는 그것이 무엇으로부터 기인하는지 일단 경계할 필요가 있다는 점에 대해서는.

소리다.

그것은 소리로부터 기인하는 것임에 틀림이 없다. 소리가 들리지 않는다. 다른 날의 이 시간대였다면 당연하다시피 들렸을 소리. 콕 집어서 단정할 만큼 확연한 것은 아니어도, 무심히 있노라면 자연스레 들리던 주변의 소리, 혹은 소음. 그것이 지금은 전혀 들리지 않는다. 그리하여 바깥의 사방은 온통 기분 나쁜 적막감만이 감돌고 있는 듯하다.

그는 조금 더 집중한다.

있다. 적막 중에 간헐적으로 들리는 희미한 소리가 있다. 또한 단번에 무엇이라고 특정하기는 어렵지만, 평상시에는 듣지 못하던 소리다. 그 희미한 소리는 위층으로부터 전해지고 있다. 그러나 3, 4층의 주인인 김강한과 진초희는 외출 중이고, 2층의 주인인 그와 중산은 지금 1층에 와 있다. 그러니 위층에서 무슨 소리가 날 까닭이 없다. 혹시 김강한과 진초희가 예상보다 한참이나 일찍 돌아왔으면 몰라도.

가상의 이름들

딩동!

현관의 초인종이 울린다. 이어 인터폰 화면에 경비 복장을 한 사람의 모습이 뜬다.

이세영이 현관으로 가려는 것을 쌍피가 재빨리 가로막고는 스피커로 묻는다.

"누구세요?"

"예, 경비실에서 나왔습니다!"

모자를 눌러쓴 경비원의 발음이 왠지 자연스럽지 않다고

느껴진다.

그러나 쌍피는 자신이 지금 지레 경계를 하고 있는 탓일 수 있다고 일단은 스스로를 추스른다.

"무슨 일입니까?"

"댁내의 화재 감지 센서가 계속 작동되고 있는 걸로 중앙통제 센터에 뜨고 있는데, 혹시 안에 무슨 일이 있으신가 해서요!"

"그래요? 저희 집엔 아무 일도 없는데요?"

"그럼 아무래도 거실이나 주방 천장에 있는 센서에 문제가 생긴 것 같은데… 잠시 점검을 좀 해봐야겠습니다!"

경비원의 그 말에는 쌍피가 짐짓 당황스럽다는 투로 받는다.

"아, 잠시만요! 저희가 지금 편한 차림으로 있어서……!"

그러곤 인터폰을 끈 쌍피가 모두를 향해 손가락을 입에다 대는 시늉을 해 보이고는 곧장 안방으로 간다.

안방 벽에는 또 하나의 인터폰이 있다. 그가 통로의 경비 초소를 호출하는 버튼을 누르는데, 세 차례의 호출에도 초소에서는 받지를 않는다. 이렇게 되면 막연하던 경계감이 급박하게 현실화된다.

쌍피가 이번에는 빌라 단지 전체의 보안을 관할하는 관리본부를 호출하는 벨을 누른다.

"네!"

두 번의 호출신호가 간 다음 스피커에서 대답이 흘러나온다.

"수고하십니다. 오늘 밤 당직 책임자가 조덕현 반장님이신가요?"

쌍피의 물음에 저쪽에서 잠깐의 틈을 두고 나서 대답이 돌아온다.

"조 반장님은 내일이 당직 근무십니다만, 무슨 일이시죠?"

"아, 예. 뭣 좀 문의할 게 있어서 그럽니다. 조 반장님이 아니시라면… 그럼 정관수 반장님이시겠네요? 정 반장님 좀 바꿔주십시오."

저쪽에서는 다시 잠깐의 틈을 둔 다음에야 대답이 돌아온다.

"정 반장님은 방금 전에 순찰을 나가셨습니다."

"아, 그러시군요."

"무슨 일이신지 저한테 말씀하시죠. 가능한 일이라면 제가 처리를 해드리고, 아니면 정 반장님께 연락을 드리라고 하겠습니다."

"음, 아닙니다. 그렇게 급한 일은 아니라서… 제가 나중에 다시 연락을 드리도록 하겠습니다."

인터폰을 끄는 쌍피의 얼굴이 차갑게 가라앉는다.

조덕현 반장과 정관수 반장은 모두 그가 임시로 만들어낸 가상의 이름이다.

비상사태

확실히 무슨 문제가 생긴 것이다. 빌라 단지 내의 보안시스템이 결코 허술한 것이 아닌데, 그들이 전혀 눈치조차 채지 못하는 사이에 정체를 알 수 없는 자들에 의해 완전히 장악당한 것으로 보인다.

쌍피가 그 본래의 무심한 표정으로 돌아가고, 사태의 심각성을 깨달은 다른 이들은 잔뜩 긴장한 모습이 된다. 그런 중에 유창진이 발 빠르게 움직여 인터폰 밑에 달린 홈오토메이션 장치의 버튼들을 누른다. 그때마다 끼익, 턱, 터턱 하는 소음을 내면서 발코니 외곽의 창문들이 닫히고, 이어서 발코니와 거실 사이의 중문이 닫힌다. 집 안에 그런 기능이 있는지에 대해 다른 사람들은 잘 알지 못하지만, 유창진은 아지트에 상주하며 집을 관리하는 집사답게 긴장한 중에도 능숙하게 대처하고 있다.

사실 최고급 빌라 단지답게 각 세대별 보안장치 역시도 상당히 잘 갖춰져 있는 편이다. 발코니의 외곽 창문만 해도 유리 자체가 두꺼운 이중 강화유리로 되어 있어서 웬만한 외부 충격에는 파손이 되지 않는다. 그 단단함을 믿기에 흔히 아파트나 빌라 등의 저층 세대에서 외곽 창문 바깥에 보강하여 덧대는 방범 쇠창살 같은 것을 이곳 빌라 단지 내에서는 볼 수가 없는 것이다.

습격

딩동!

현관의 초인종이 다시 울린다. 쌍피가 차분하게 인터폰의 스피커를 켠다.

"그런데 제가 여기 경비원 분들 얼굴은 거의 다 아는데, 그쪽 분은 처음 보는 얼굴 같네요?"

쌍피의 말에 화면의 경비원은 모자를 조금 더 눌러쓴다.

"아, 예. 제가 근무한 지 아직 며칠밖에 되지 않은 신입이라서요."

"아, 그러시군요. 그럼… 우리 통로 경비 초소에 지금 근무하시는 분과 같이 좀 들어오셨으면 좋겠는데… 요즘 바깥세상이 워낙에 험해서 말이죠. 조금 번거로우시더라도 이해해 주시기를 바랍니다."

쌍피의 그 말에 경비원이 잠시 카메라를 응시하더니 설핏 입가에 차가운 웃음기를 떠올린다. 그러곤 곧장 인터폰의 화면이 컴컴해지는데, 아마도 밖에서 카메라를 가려 버린 모양이다.

그런데 다시 그때다.

타타타탕!

한바탕의 요란한 소음과 함께,

퍼퍼퍼퍽!

발코니의 외곽 창문과 거실 중문의 대형 유리가 하얗게 변한다. 순간 모두는 경악에 빠지고 만다. 총격이다. 아마도 자동소총쯤으로 보이는 총기의 총탄 세례에 발코니 외곽 창문의 이중 강화유리가 간단히 뚫리고 이어 거실 중문의 유리까지 산산이 균열이 간 것이다.

대피

이세영과 유창진이 이철진의 휠체어를 밀며 다급히 주방 쪽으로 대피하고, 쌍피와 중산은 거실 벽면에 돌출된 기둥 뒤쪽으로 몸을 숨기며 발코니 바깥쪽의 동정을 살핀다.

일단의 사내들이 발코니로 달려들고 있다. 경비원 복장에 모자를 깊숙이 눌러쓴 그들은 곧장 발코니의 외곽 창문을 발로 부수며 안으로 진입을 시도한다.

쌍피는 차라리 냉정해지면서 빠르게 판단을 내린다. 적들이 자동소총을 가지고 있다는 점만으로도 당장 대응할 방법은 없다. 그리고 가장 우선적으로 이철진을 보호하기 위해서라도 일단은 몸을 피하고 봐야 한다.

"지하로! 고문님 모시고 지하로!"

쌍피의 나직한 외침에 이세영과 유창진이 이철진의 휠체어를 밀며 주방 왼쪽의 간이 창고를 향해 달린다.

간이 창고 안쪽에는 지하로 내려가는 통로가 있다. 지하대피소로 통하는 통로다.

지하대피소

이철진과 이세영, 그리고 유창진과 중산까지 모두 대피소 안으로 들어온 것을 다시 한번 확인하고 쌍피가 벽면의 버튼을 누른다.

위이잉!

무거운 기계음과 함께 철문이 닫힌다.

"후우!"

두꺼운 철문이 완전히 닫히기를 기다려 쌍피는 그제야 짧게 숨을 돌린다. 이제는 일단 안도해도 된다.

지하대피소는 만약의 경우를 대비해 그들 자체적으로 은밀히 준비해 둔 비밀 공간이다.

예전 서해 개발 사무실 내에 있던 밀실을 본뜬 것인데, 내부 인테리어 공사를 빌미 삼아서 1층 집 아래에 작은 지하 공간을 파고 그 입구를 두꺼운 콘크리트 벽과 철문으로 차단했다.

지하대피소 내부에는 공기조화 시설과 냉온 설비를 갖췄고, 또 1층의 내, 외부를 모니터링 할 수 있는 CCTV가 설치되어 있다. 며칠 분의 식수와 비상식량, 그리고 응급 약품 등도 비치해 두었다. 뿐만 아니라 특별한 물건들도 있다. 바로 몇 자루의 권총과 자동소총이다.

불통

천장의 전등이 꺼지며 대피소 내부가 돌연 어둠 속에 잠긴다. 아마도 위쪽의 적들이 메인 전원을 차단한 모양이다. 다만 대피소 안쪽 벽면에 설치된 CCTV 화면은 여전히 살아 있다. 전원이 끊어지더라도 별도의 비상 배터리 전원으로 2시간 정도는 유지되게 되어 있는 덕이다. 어쨌든 CCTV 화면에서 나오는 빛에 이내 적응이 되며 대피소 내부는 희미하게나마 주변 분간이 된다.

1층 발코니 외부를 비치는 CCTV 화면에서 가로등 불빛마저 모두 꺼진 걸로 보아 적들은 아마도 빌라 단지 전체의 전원을 차단시킨 것 같다. 그리고 1층 실내를 비추는 화면에서는 몇 가닥의 랜턴 불빛이 움직이는 중에 최소 대여섯 명은 되어 보이는 자들이 주방 왼쪽의 간이 창고 쪽으로 접근하는 모습이 비치고 있다. 그들은 곧 지하대피소로 통하는 통로를 발견할 것이다.

중산은 급하게 김강한에게 전화를 걸고 있는 중이다. 혹시 이런 상황을 모른 채 아무 대비도 없이 돌아오다가 적들에게 속수무책으로 당할 것을 우려해서이다. 그런데 전화가 안 된다.

다시 진초희에게 전화를 걸어도 마찬가지다. 전화를 받지 않는 것이 아니라 아예 불통이다. 신호 자체가 가지를 않는다.

당황스러운 중에 중산이 이세영의 휴대폰으로 전화를 해본다. 그런데 마찬가지로 불통이다.

"전파방해?"

지켜보고 있던 쌍피가 나직이 중얼거린다. 강력한 방해전파를 발생시켜 일정 범위의 통신기기를 불통으로 만드는 장치가 있다는 것을 그는 알고 있다.

그럼으로써 그들이 기대하고 있던 것 하나가 속절없이 무산되고 만다.

한바탕 총소리가 요란하게 울렸으니 멀리 떨어져 있는 다른 동에서는 몰라도 같은 동의 이웃에게는 확연하게 들렸을 터. 누군가 경찰에 신고해 주리라는 기대가 있었는데, 이처럼 전원 차단에다 통신까지 불통인 상황이라면 모두들 문을 걸어 잠그고 사태가 진정될 때까지 숨을 죽이고 있을 수밖에 없으리라.

로켓포

"저게 뭐죠?"

철문에 난 작은 방탄 유리창으로 어두운 통로를 주시하고 있던 중산의 나직한 외침이다.

쌍피가 재빨리 창에다 눈을 가져다 대고 확인하고는 곧바로 다급한 고함을 토해낸다.

"모두 벽 쪽으로 붙어 서!"

동시에,

콰앙!

굉음이 터지며 철문으로부터 전파된 한바탕의 뜨거운 열기가 실내를 휩쓸고 지나간다. 뒤이어 연기인지 먼지인지 어둑한 중에 분간은 되지 않지만, 매캐한 냄새가 다시금 실내를 덮친다.

"로켓포? 도대체 어떤 놈들이기에? 이런 건 전쟁터에서나 가능한 거 아냐?"

모두가 멍해 있는 중에 중산이 망연한 투로 두서없는 중얼거림을 뱉는다.

"RPG—7 대전차 로켓포."

쌍피의 차분한 목소리는 중산의 말을 정정해 주는 것이리라.

총격전

철문은 강력한 충격에 직격당한 흔적을 고스란히 드러내고 있다.

관통당하지는 않았으나 전체적으로 변형이 되면서 틈새가 제법 크게 벌어졌다. 그 틈새로 쌍피가 자동소총의 총구를 끼워 바깥으로 내민다.

타타타탕!

총격 소리에 퍼뜩 정신을 추스른 중산이 쌍피 옆으로 엎드리며 자리를 잡는다.

통로 저 끝에서 랜턴 불빛이 빠르게 흔들리고 있다. 그런 중에 포탄이 장착된 기다란 로켓포를 어깨에 멘 사람의 형상이 언뜻언뜻 보이는데, 다시금 한 발을 발사하려는 모양새다. 다시 한번 로켓포의 포격을 받으면 철문이 더는 버티지 못하고 아예 떨어져 나갈지도 모른다.

그리 되면 대피소 내에 있는 모두는 적들의 화력에 고스란히 노출되고 말 것이다. 쌍피와 중산이 생각할 것도 없이 각자의 총기를 연사한다.

타타탕!

타타타탕!

집중사격이 가해지는 중에 랜턴 불빛이 어지러이 흔들린다. 그리고 로켓포를 메고 있던 자가 바닥에 쓰러지면서 로켓포가 통로의 바닥에 떨어져 나뒹군다. 그런 중에 곧바로 적들의 응사가 시작된다.

타타타탕!

타타타타탕!

치열한 총격전 속에서 쌍피와 중산이 연이어 두 번째의 탄창을 교환한다.

그런데 그때다. 랜턴 불빛이 통로에서 사라지며 적들의 응사가 일시 멈춘다.

쌍피와 중산 역시 사격을 멈추고 서로의 안전을 확인하며 짧게 숨을 돌린다. 이쪽도 만만치 않은 화력을 보유하고 있음을 보여줬으니 이제 적들도 무작정 밀고 들어오지는 못할 것이다.

그러나 결국 시간문제일 뿐이다.

빌라 단지 전체를 완전히 장악한 것으로 보이는 적들의 숫자가 얼마나 될지는 추정조차 할 수가 없다.

더욱이 로켓포까지 동원된 것으로 보아서는 적들에게 또다른 중화기가 있을 가능성도 배제하지는 못할 것이다. 그런 터에 기껏 몇 자루의 자동소총과 권총으로 버텨내기는 결국 불가능한 일이다.

너무 늦지 않게 와주기를

중산은 저도 모르게 쓴웃음을 짓고 만다.

문득 김강한을 떠올리고 나서다.

좀 전에는 그가 아무것도 모른 채로 불쑥 돌아와 화를 입을까 걱정했다.

그러나 이제는 또 그가 빨리 돌아오기를 기다리는 것만이 유일한 희망처럼 되고 만 것이다.

'그라면 분명 무슨 수를 낼 것이다. 다만 너무 늦지 않게 와 주기를.'

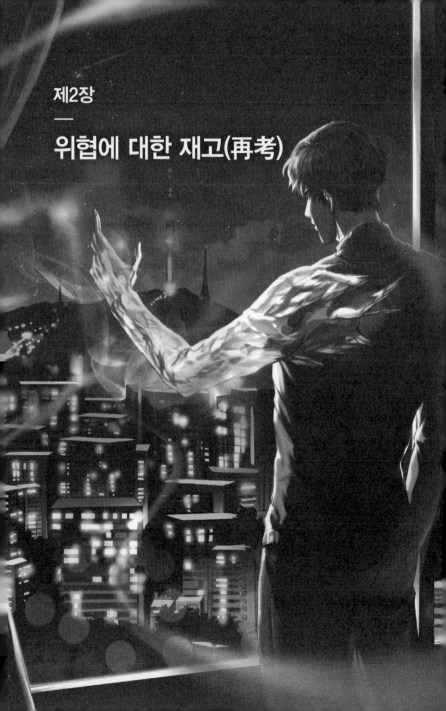

제2장

—

위협에 대한 재고(再考)

다시 한번 강조하는 것이지만

김강한의 괜한 투정에 한바탕 눈물 바람까지 한 때문인지 진초희가 피곤한 기색이더니 기어코는 그만 아지트로 돌아가자고 한다.

김강한은 설핏 난감하다. 다른 사람들의 은근한 눈총을 불사하면서 주말 밤에 서울까지 와서 갖는 둘만의 시간을 이렇게 끝내기는 너무 허무하다. 사실은 오늘 밤은 서울에서 보내고 내일 늦은 오후에나 아지트로 돌아갈 계획을 혼자서 세우고 있던 참이기도 하다.

"아직 기분 안 풀렸어?"

그가 슬쩍 떠보는데 그녀는 엷게 웃으며 고개를 가로젓는다.

"그런 것 아니에요. 그냥 피곤해서 그래요."

"그러니까 왜 피곤하냐고? 사실은 아직 기분이 안 풀린 거잖아? 그러지 말고 기분 풀어. 우리 자리 옮길까? 어디로 갈까? 영화 보러 갈까? 그러고 보니 우리 함께 영화 본 적이 한 번도 없잖아? 아니면… 어디 분위기 좋은 데 가서 술 한잔할까? 와인 좋아하잖아? 어때?"

그가 괜스레 수다스러워진다. 그런 모습이 안쓰러웠는지 그녀가 가만한 미소를 떠올린다.

배시시!

다시 봐도 비에 젖은 배꽃 같은 미소다. 그가 여지없이 멍하니 취하고 마는데, 그녀가 닿을 듯이 얼굴을 가까이 가져다 댄다. 그리고 속삭인다.

"정말 기분 안 풀려서 그런 것 아네요. 그냥 좀 힘들어서 그런 거니까 우리 이만 집으로 돌아가요. 대신 집에서 편안하게 영화도 보고 와인도 마셔요."

그도 가만히 속삭인다.

"우리 둘이서만?"

"네."

"3층이 좋을까, 4층이 좋을까?"

"당신이 원하는 곳에서."

"나 원하는 대로? 그럼… 4층. 나 거기서 잔다?"

그 말에는 그녀가 비음 섞인 웃음소리를 내곤 다시 다소곳한 대답을 낸다.

"네."

그는 만족스러워진다. 몹시도. 다시 한번 강조하는 것이지만, 그는 강력히 바란다. 그녀가 다른 쪽에서는 얼마든지 훌륭하고 완벽해도 좋지만, 그와 단둘이 있을 때만큼은 무조건 약한 여자이기를, 그의 보호를 필요로 하는 연약한 여자이기를.

낯섦

저 앞쪽으로 대건 빌라 단지의 정문 입구가 보인다. 김강한은 슬쩍 운전석의 진초희를 본다. 피곤하다는 그녀에게 운전까지 맡긴 데 대한 미안함과 어느 틈에 아지트에 도착한 것에 대한 일말의 아쉬움이다.

차가 차단기 앞에서 멈추었는데, 자동으로 올라가야 할 차단기가 움직이지 않는다. 차량 번호를 자동으로 인식하는 방식인데, 장치에 고장이라도 생긴 모양인가? 관리 본부 건물에서 경비원 둘이 나온다.

김강한은 설핏 낯설다는 느낌을 받는다. 물론 그가 수십 명에 달하는 경비원의 얼굴을 다 아는 건 아니니 얼굴에서 받는 느낌이 아니다. 빌라 단지 내에 입주해 있는 세대 수는 다 합쳐서 백(百)에도 미치지 못한다. 그리고 그 세대의 대부분이 돈으로든 사회적 지위로든 나름 대단하다는 소리를 듣는 계층이다. 그러니 경비원이라면 그런 입주자들에 대한 기본적 정보 정도는 숙지하고 있을 것이다. 더욱이 출입 등록이 되어 있는 차량이다. 그렇다면 그들이 우선적으로 보일 반응으로는 친숙함을 표시하거나 형식상이라도 차단기의 고장으로 불편을 준 데 대한 미안함이라도 비치는 것이 일반적이라고 할 것이다. 그런데 지금 저 두 명의 경비원은 오히려 그와 진초희에게 사뭇 어색하고도 낯선 경계감을 가지는 것 같다. 그런 데서 그가 낯설다는 느낌을 받는 것이다.

"차단기에 무슨 문제가 생겼나요?"

진초희가 운전석 창문을 내리며 묻는다.

"아, 예. 전기장치에 고장이 발생했습니다. 갑자기 작동이 되지 않고 있는데, 하필 주말 밤이라 정비 기사를 부를 수도 없고 해서 일단은 수동으로 전환해 놓고 있는 중입니다."

경비원 중 하나가 대답하면서 열린 창 너머로 스치듯이 차 안을 살피는데, 그 시선이 날카롭다.

소용없는 짓

두 개의 CCTV 화면 중 하나가 갑자기 흐려진다. 1층 거실 주변을 비추던 화면이다. 제한적으로나마 놈들의 동태를 파악할 수 있는 유일한 수단이었는데, 놈들이 카메라를 발견하고는 파괴한 것이리라. 막막함으로 더욱 커지는 불안과 긴장을 추스르며 쌍피와 중산은 곧 다시 시작될 적의 공격을 대비한다. 그때다.

텅!

통로 저편에서 뭔가가 날아와 철문에 부딪치곤 통통거리며 바닥을 구른다. 하나 남은 CCTV 화면에서 비치는 희미한 빛에 의지해 그 물체를 살피던 쌍피가 순간 다급하게 외친다.

"수류탄! 모두 엎드려!"

동시에,

쾅!

고막을 떨어 울리는 폭발음과 함께 대피소 천장에서 먼지 부스러기가 우수수 떨어진다.

"고문님, 괜찮으십니까?"

쌍피가 이철진의 안전부터 확인하자,

"여기는 셋 다 무사하네! 그쪽은?"

안쪽에서 되묻는 이철진의 목소리가 돌아온다.

"이쪽도 괜찮습니다!"

대답부터 하고 난 다음에야 쌍피가 중산의 무사함을 확인한다. 그러곤 저도 모르게 가만한 한숨을 불어 내쉰다. 다행히 수류탄은 철문 바로 앞이 아닌, 콘크리트 벽 아래쪽까지 굴러가서 터진 것 같다. 그런 덕분에 파편이 대피소 내부로까지 덮쳐들지 않은 것은 천만다행이다. 그러나 다음번에도 그런 다행을 기대할 수는 없다.

타타탕!

타타타탕!

중산이 어둠에 잠긴 통로 저쪽 편을 향해 자동소총을 갈긴다. 그러나 소용없는 짓이다. 더욱이 이제는 실탄도 얼마 남지 않은 형편이다.

제발 아무 일도 없기를

김강한은 멀리서 들려오는 소리가 꼭 수류탄이 터질 때의 폭음 같다는 생각을 설핏 해본다. 그러나 그는 곧바로 가벼운 실소로 넘긴다. 그가 수류탄의 폭발을 그 살상반경 내에서 직접 경험해 본 적이 있긴 하다. 그러나 전원 빌라 단지 내에서 난데없이 수류탄이 터질 까닭이 어디에 있겠는가 말이다.

그런데 다시 그때다. 다시 무슨 소리가 들려오는데, 이번에는 총성 같다. 아니다. 이건 좀 더 분명하다. 그리고 잇달아서 들리는 그것은 확실히 총성이다. 김강한이 반사적으로 힐끗 경비원을 돌아보는데, 시선이 딱 마주치자 경비원의 손이 재빠르게 품속으로 들어간다.

"출발해!"

김강한이 외친다. 그러나 진초희가 영문을 몰라 얼떨떨해하고 있는데 그가 다시 버럭 고함을 친다.

"출발하라고!"

그 느닷없음에다, 더욱이 그때 경비원이 열린 차창 안으로 불쑥 권총을 들이밀었으니 진초희가 기겁하며 다급한 비명을 내지르고 만다.

"아악!"

그런 중에 그녀의 바로 귓가에서 총성이 터진다.

탕!

순간 경악과 공포에 대한 반사작용으로 그녀는 있는 힘껏 가속페달을 밟는다. 권총의 발사에도 불구하고 막상 자신의 몸에는 아무런 충격도 없다는 사실에 대해서는 의아함을 가질 틈도 없이,

부아아앙!

삐이이익!

앞바퀴가 터질 듯이 격한 마찰음을 내며 헛바퀴를 돈 후 차가 용수철처럼 앞으로 튀어 나간다.

와당탕!

차단기의 가로 막대가 간단히 부서져 나가고, 뒤에서는 권총이 잇달아 발사된다.

탕!

타탕!

탕!

그리고 뒤이어 관리 본부 건물에서 다시 두 명의 경비원이 뛰어나와 자동소총을 갈겨댄다.

타타타탕!

타타타타탕!

김강한이 외단을 차량 후방으로까지 펼쳐서 방호벽을 치는 중에 다급한 위기감을 느낀다. 아지트에 남아 있는 이철진 등의 안전에 대해서다. 그와 진초희가 단지 입구에서부터 무차별적인 총격을 당하는 지경이라면 이철진 등도 속수무책으로 위험에 처했을 가능성이 농후하다고 봐야 한다. 그런 판단에서 입구의 경비원들을 제압할 생각보다는 곧장 아지트로 달려가는 쪽을 택한 것이다.

'제발 아무 일도 없기를! 내가 갈 때까지 무사히 버티고 있기를!'

간단한 결론

가로등을 포함해 빌라 단지 내의 모든 불빛이 꺼진 중에 일대의 사방을 장악한 어둠은 을씨년스럽기까지 하다.

아지트가 있는 C동에 도착해서 건물의 측면 방향으로 차를 세우게 하고 김강한은 1층 이철진의 집 발코니 쪽과 마주 선한 그루 은행나무 뒤로 몸을 날린다. 희미한 어둠 속으로 빨려들 듯이 사라지는 그의 모습을 보면서 진초희의 두 눈이 언뜻 커진다.

산산이 부서진 발코니의 외곽 창문들을 보는 것만으로도 집 내부에 심각한 상황이 벌어졌다는 것을 능히 짐작해 볼 수 있다.

시력을 집중하자 거실 너머 주방 쪽의 어둠 속에서 몇 개의 그림자가 어른거리는 것이 확인된다.

다시 진초희의 곁으로 돌아온 김강한은 잠시의 고민에 빠진다.

진초희의 안전 때문이다. 그녀 혼자 두었다가는 어떤 위험한 상황에 처하게 될지도 모른다는 불안이다. 지하 주차장으로 가서 곧장 4층 그녀의 집에 들어가 있도록 할까? 그것도 불안하다. 정체도 규모도 알 수 없는 적들은 이미 빌라 단지 전체를 장악하고 있는 듯하니 4층 그녀의 집이라고 해서 안전지대는 아닐 것이다.

그러나 그는 이내 간단한 결론에 도달한다. 결국 가장 안심할 수 있는 곳은 바로 그의 곁이라는 결론. 그녀가 그의 곁에 있는 한 언제 어떤 상황에서도 그녀의 안전을 지킬 수 있다는 자신이 있다. 그리고 반드시 지키고야 말겠다는 각오는 너무도 당연하다.

눈곱만치도

"바짝 붙어!"

불쑥 던지는 김강한의 말에 진초희는 설핏 당황스러워하는 모습이다.

"네?"

그가 짐짓 긴장한 투로 다시 한번 강조한다.

"내 등 뒤에 바짝 붙으라고!"

그러자 그녀는 말 잘 듣는 아이처럼 곧바로 그의 등 뒤로 붙어 선다. 그러곤 착 달라붙듯이 밀착해 드는데, 순간 등판에 봉긋한 무엇이 와 닿고 이어 지그시 눌리는 느낌에 김강한은 흠칫 놀라고 만다. 아니, 놀라는 척 괜스레 해보는 제스처다. 당황스러우니 조금만 떨어지라는 따위의 말을 할 생각은 조금도, 눈곱만치도 없다. 오히려 등 뒤로 한 손을 돌려 그녀의 허리를 잡아 가볍게 힘을 준다. 좀 더 단단히 붙으라는 표시다. 아니, 무언의 강요쯤이다.

그의 허리에 그녀의 팔이 감겨온다. 그리고 그의 허리를 힘껏 조인다.

뭉클!

등판에 고스란히 전해져 오는 느낌을 차라리 짙게 누리며 그는 외단을 펼쳐 두꺼운 방호벽을 친다. 그리고 부서진 창을 통해 발코니 안으로 조심스레 한 발을 들인다.

역할 다툼

서로를 보는 쌍피와 중산의 시선이 무겁다. 적들이 통로 안으로 들어서지 못하도록 저지하는 것 외에는 달리 할 수 있는 것이 없다.

그러나 실탄마저 다 떨어져 가는 마당에 이대로 가다가는 뻔하다. 속수무책으로 당하는 수밖에 없는 것이다. 둘은 이윽고 하나의 결론에 대해 교감한다.

'차라리 탈출을 시도하는 것이 낫다.'

쌍피가 조용히 몸을 일으킨다. 그리고 자동소총의 탄창을 새것으로 교환하고 다시 권총 한 자루를 허리춤에 찔러 넣는다.

"엄호해!"

대뜸 말을 놓는 것도, 일방적으로 지시하는 것도 중산에게는 느닷없을 일이다. 그러나 중산은 그것보다 쌍피의 의도에 대해 동의할 수가 없다.

자신이 돌파를 시도할 테니 뒤를 맡으라는 뜻이 아닌가? 그런데 탈출을 시도하자는 것에 대해서야 이미 동의가 된 바이지만 서로의 역할이 바뀌었다.

돌파는 어디까지나 자신의 몫이어야 하고, 뒤를 쌍피가 맡아야 하는 것이다.

다시 마주치는 둘의 시선이 자못 치열하다. 누가 무슨 역할을 맡건 어차피 결론이야 뻔하다고 할 것이다. 그래도 조금이라도 더 위험한 역할을 자신이 맡겠다는 다툼이다.

도대체 어쩌자는 거야?

"잠깐!"

문득 나직한 외침을 토한 건 이철진이다. 그가 아직 살아 있는 CCTV 화면을 가리키고 있다.

화면에는 1층 발코니로 들어서고 있는 한 사람, 아니, 그 한 사람의 등에 업히듯이 붙어 선 또 한 사람을 더해 두 사람의 모습이 잡히고 있다.

비록 어둠 속에서 희미하게 드러나는 영상이지만, 그 두 사람이 누구인지는 모두에게 너무도 확연하다.

바로 김강한과 진초희다.

"아!"

중산이 나직한 탄성을 흘려낸다. 그러나 뒤이어 그는 잔뜩 못마땅하다는 투를 뱉어낸다.

"에이씨! 아가씨까지 데리고 오면 도대체 어쩌자는 거야?"

잔인

발코니 안으로 들어선 김강한은 바닥에 엉망으로 흩뿌려진 유리 조각을 한 움큼 집어 든다. 그러곤 슬쩍 힘을 준다.

와자작!

외단이 둘러진 그의 손아귀 안에서 유리 조각이 좀 더 작은 조각으로 부서진다. 이어 재고 살피고 할 것도 없이 그는 곧장 중문을 넘고 거실을 가로질러 단숨에 주방까지 나아간다. 주방 안쪽과 간이 창고에 있던 자들이 조금 뒤늦게 침입자의 존재를 눈치채고 일제히 자동소총의 총구를 겨누어 온다.

그 순간 김강한의 손아귀에 쥐어져 있던 유리 조각이 강하게 뿌려진다.

파아앗!

기껏 모래알 크기의 유리 조각들이 날아가는데 공기를 가르는 날카로운 바람 소리가 일어난다.

내공이다. 유리 조각에 내공이 주입되며 굉장한 위력이 실린 것이다.

타탕!

타타타탕!

"악!

"아악!"

총격 소리와 비명 소리가 뒤섞인다. 그런 중에 얼굴과 몸을 감싸 쥔 대여섯 명의 사내들이 일제히 쓰러져 바닥을 나뒹군다. 바깥으로 드러난 그들의 얼굴이며 팔뚝이 삽시간에 피투성이로 변하고 있다. 이어서는 옷에까지 질펀하게 핏물이 번져 나오기 시작한다.

유리 파편이 온몸에 박혀 버린 것이리라. 마치 폭발한 수류탄의 파편에 당한 것처럼.

김강한은 그의 허리를 감고 있는 진초희의 양팔을 앞으로 잡아당겨 그녀의 얼굴이 그의 등에 조금 더 밀착되도록 한다. 그의 잔인함을 보여주기 싫어서다. 그녀에게만큼은.

문득 등이 따뜻해진다. 그녀가 가만히 불어내는 입김 때문일까?

몰라!

아래쪽 지하대피소에서 쌍피와 중산이 올라오는데, 둘 다 온몸에 먼지를 잔뜩 뒤집어쓴 초췌한 몰골이다. 아직 안전이 확보되었다고 할 수 없으므로 이철진과 이세영, 그리고 유창진은 그대로 대피소에서 기다리게 하고 우선 둘만 올라온 것이다.

"어떻게 된 거야?"

김강한이 묻자 중산이 조금은 머쓱한 기색으로 대답을 내놓는다.

"저도 무슨 영문인지 모르겠습니다."

그런 중산을 김강한이 설핏 노려본다.

총을 쏴대고 수류탄까지 터뜨리며 공격을 가하는 자들이 누군지, 왜 그러는지 영문조차 모르겠다는 대답에 어이가 없다. 그러나 그가 이어 시선을 준 데 대해 쌍피가 또한 무겁게 고개를 가로젓는다. 그런 데야 더 이상 그들을 질책할 일은 또 아니다.

"어떻게 된 겁니까?"

중산이 질문을 되돌려주듯이 묻는다. 그런 그는 흠칫 놀란 기색이다.

여기저기에 피투성이가 된 채로 쓰러져 신음하고 있는 사내들을 그제야 확인한 모양이다. 그러나 김강한이 대답하기가 애매할뿐더러 자신이 저질러 놓은 잔혹이 새삼 부각되는 것도 싫어서 짐짓 무겁게 말을 잘라 버린다.

"몰라!"

중산이 힐끗 진초희에게로 시선을 주지만, 그녀 역시 놀란 기색으로 고개를 가로저어 보일 뿐이다.

청부

"정체가 뭐냐?"

"누가 보내서 왔느냐?"

쓰러진 자들 중에서 그나마 끔찍한 형상을 면한 사내 하나에게 질문을 던지더니 중산의 말은 다시 일본어로 바뀐다. 그리고 다시 몇 마디를 주고받는가 싶더니 사내가 자신의 왼 가슴에 달고 있던 사각 박스 형태의 작은 물건 하나를 중산에게 건넨다. 아마도 소형 무전기인 모양이다. 중산이 그 무전기를 통해 역시 일본어로 누군가와 대화를 나누는데, 아마도 놈들의 우두머리쯤 되는 모양 같다.

짧게 무전기를 통해 대화를 끝낸 중산이 진초희에게로 다가간다. 그리고 뭔가 얘기를 나누는데, 또한 일본어다. 중산의 얘기를 듣는 진초희의 낯빛이 빠르게 어두워진다. 그러나 그녀는 이내 가만히 고개를 끄덕이는 모습이다. 그리고 나서야 중산이 김강한에게로 다가온다.

"이자들, 나카야마카이의 청부를 받았다고 합니다."

중산의 그 말에 대해 김강한은 크게 놀랍지도 않다. 중산과 진초희의 기색에서 벌써부터 짐작이 된 상황이니까.

그때다. 진초희가 그의 곁으로 다가서며 차분하게 말을 꺼낸다.

"다행히 우리 쪽에서 크게 다친 사람도 없으니 이번 일은 이쯤에서 수습하고 덮었으면 해요. 저쪽에서도 그만 물러가겠다고 하고요."

그녀의 말에 김강한은 간단히 고개를 끄덕인다. 나카야마카이와 관련이 있는 이상, 일단은 그녀의 뜻에 따라주어야 한다는 생각에서이다.

"고마워요."

"아니… 뭐, 고마울 것까지야……."

그의 조금은 떨떠름한 생색에 그녀가 엷은 미소를 떠올린다. 그러나 그녀의 미소는 이내 착잡한 빛으로 가라앉는다.

점점 더 빠르게

이철진의 지휘 아래 이세영과 유창진, 그리고 쌍피와 중산까지 모두 정신없이 바쁘게 뛰어다니며 현장 정리와 뒷수습에 여념이 없는 모습들이다.

그런 중에 김강한은 그들의 바쁨과는 전혀 무관한 상념에 젖어 있다.

외단에 가해진 몇 번의 충격에 대한 반추다. 총격에 맞은 충격이다. 그러나 비록 제법 강한 충격을 느꼈으되 크게 고통스럽지도 않았고, 더욱이 가벼운 상처조차 입지 않았다. 그런 점에서 그 충격은 충격이라기보다는 그저 자극이라고 하는 정도가 보다 적합할 것이다.

[부동신과 금강신, 곧 외단과 내단은 상생의 이치로 외부의 자극과 충격을 촉매로 삼아 끊임없이 서로를 보완하는 과정을 수행하면서 스스로 강해진다.]

역시나 그 이치다. 금강부동결.

금강부동공의 진보와 성장이다. 그의 금강부동공은 점점 더 빠르게 진보와 성장을 거듭하고 있다.

합리화!

진초희가 곁으로 다가왔기에 김강한은 가볍게 머리를 흔들어 상념에서 빠져나온다. 그리고 그는 덥석 그녀의 손을 낚아챈다. 갑작스러웠는지 그녀는 망설이는 기색이다.

"다들 정신없이 바쁜데 우리 둘만 한가롭잖아? 바삐 돌아가는 곳에 한가로운 사람들이 있어봤자 방해만 되지 않겠어? 그러니까 우리는 자리를 피해주자고."

그 말에 그녀는 가볍게 실소하고 만다. 그러더니 못 이기는 체 그가 이끄는 대로 따라나선다.

그러나 막상 밖으로 나와서 그는 오히려 망설이게 된다. 마음 같아서는 곧장 4층으로 그녀를 이끌고 싶다. 이미 얘기가 다 되어 있지 않은가? 4층 그녀의 집에서 단둘이 영화도 보고, 와인도 마시고, 그리고 또……

그러나 지금 이런 상황에서 그렇게까지 할 수는 없는 노릇이리라. 아무리 그가 마음 내키는 대로 살아가리라 작정한 바이고, 또 그와 관련된 주변의 사람들이 대개는 그것을 인정해 준다고 해도 말이다.

사실 어쩌면 그가 가장 원하던 부분은 이미 충족되었는지도 모른다.

지금 그가 잡아끄는 대로 무작정 따라나서고 있는 그녀는 이미 '그와 단둘이 있을 때만큼은 무조건 약한 여자이고, 그의 보호를 필요로 하는 연약한 여자'일 것이니까.

'뭐, 어차피 전기도 다 끊어진 마당에 영화도 못 볼 테고… 그냥 잠시 바람이나 쐬는 수밖에.'

이윽고 그는 스스로의 합리화에 이른다.

새삼

간밤에 그처럼 엄청난 사건이 벌어졌음에도 새로운 아침은 평소와 다름없이 평범하고 지극히 일상적이기만 하다.

경찰도 찾아오지 않았고, 빌라 단지의 관리 본부에서조차 별다른 움직임이 없다.

1층 이철진의 집에는 간밤의 치열했던 흔적이 여전히 고스란하다. 다만 언제 조치를 했는지 발코니 전체를 공사용 간이 차단막으로 완전히 가려서 외부에서 보기에는 제법 거창하게 내부 인테리어 공사라도 하는 모양쯤으로 보인다.

'하여간 대단하다.'

김강한이 다시 한번 실감한다. 하여간 그런 쪽으로의 요령과 계산에 있어서 이철진의 능력은 참으로 대단하다고 새삼 감탄하지 않을 수 없다.

위협에 대한 재고(再考)

이윽고 혼자 있게 되었을 때, 김강한은 가만히 긴장을 떠올린다. 그동안 소중한 사람들과 함께하는 일상의 행복감에 너무 생각 없이 취해 있었나 싶다. 혹은 그 행복감을 누리려고 심각한 위협이 잠재되어 있다는 사실을 의도적으로 망각하고 있던 것은 아닐까?

어젯밤, 만약 그가 조금만 더 늦게 도착했더라면? 쌍피와 이철진, 그리고 중산 등에게 무슨 일이 벌어졌을지 모를 일이다. 그들 하나하나가 다 소중한 사람들이고, 그에게 행복감을 주는 사람들이다.

만약 그들에게 정말로 무슨 일이 벌어졌다면? 그저 상상해 보는 것만으로도 아찔하다.

나카야마카이는 언제라도 또다시 공격을 가해올 가능성이 높다. 그리고 그때는 이번보다도 더욱 치밀하고 위험한 수단과 방법이 동원될 것이다.

위협이 될 만한 요소가 그것뿐만이 아니다.

또 다른 위협도 있다. 그리고 그 또 다른 위협은 어쩌면 나카야마카이보다 훨씬 더 심각한 위협일 것이다. 바로 요결을 쫓는 자들이다.

최도준의 죽음 이후에는 그들에 대한 어떤 동향도 조짐도 없다. 그랬기에 그는 그들과의 연결 고리가 완전히 끊어진 것이라고 여겼다. 그러나 지금 생각해 보니 그것은 그 혼자만의 일방적인 봉합일 수도 있겠다. 간밤의 사태처럼 그들 역시도 어느 순간에 갑자기 공격을 가해올 수도 있는 일이다. 또 혹은 언젠가 전혀 뜻밖의 우연으로 예기치 않은 상황에서 그들과 다시 조우(遭遇)하게 될 수도 있을 것이다. 그가 천공행결 등의 그들이 쫓고 있는 요결에 의한 능력과 내공, 금강부동공에 의한 공능을 아주 봉인하지 않는 이상에는 말이다.

그것은 우연이 아니라 필연에 가깝다고 해야 하리라. 결코 평범하지 않은 능력을 지닌 사람들끼리는 서로 쉽게 눈에 띄는 법이니 말이다.

나카야마카이건, 혹은 요결을 쫓는 자들이건 그의 소중한 사람들이 다시 위험에 처하도록 둘 수는 없다. 그 어떤 위협이라도 그것이 실체적인 위험으로 현실화되기 전에 시급하고도 단호하게 대책을 세워야만 하리라.

이소(離巢)

'적들이 목표로 한 것이 무엇이든 그것은 우리 모두에 대한 공동의 위협이며 또한 이롬 재단에 대한 중대한 위협이다. 그리고 그러한 위협에 대해 미리 예측하고 대비하지 못한 것은 심각한 실수다. 누구의 실수가 아닌, 우리 모두의 실수. 그러나 실수는 한 번으로 족하다. 한번 경험한 실수를 다시 범하는 일은 없어야 한다. 결코.'

이번 나카야마카이의 습격 사건에 대한 이철진의 정의와 자책과 각오다. 더하여

'이미 노출이 된 만큼 이곳은 더 이상 거처로 삼을 수 없다.'는 그의 판단과 주장에 따라 그들은 대건 빌라의 아지트를 떠나 서울 쉼터로 거처를 옮긴다.

임시적 안전 강화

대건 빌라의 아지트가 노출된 만큼 서울 쉼터 또한 노출되었을 가능성이 크다고 봐야 할 것이다.

그런 점에서 이철진은 이미 보다 안전한 새 아지트를 구상하고 있는 중이다.

다만 그런 구상을 완성하고 또 실행에 옮기는 과정이 단시간 내에 이루어질 수는 없다. 그러니 그동안에 이곳저곳을 옮겨 다니며 부산을 떨기보다는 차라리 한시적으로 서울 쉼터에 머물되 임시적이라도 안전 강화 대책을 강구하는 편이 보다 현실적이겠다고 판단한 것이다.

헤드 오피스와 쉼터 오피스텔에는 일급 경호업체의 시설 경호가 시작되었다. 더하여 이철진과 진초희의 동선(動線)에는

근접 경호원들이 따라붙었다.

사실 시설 경호는 몰라도 이철진과 진초희에 대한 근접 경호는 김강한과 쌍피, 그리고 중산까지 있는 판국에 불필요할 뿐더러 오히려 번거로운 노릇이라고도 할 수 있겠다. 그러나 이철진은 가상의 적들에게 공격의 여지 자체를 아예 주지 말아야 한다는 논리다.

즉 어차피 노출이 된 상황을 전제한다면 이중 삼중으로 철저히 경호받고 있다는 사실을 오히려 적극적으로 드러내 보여 줄 필요가 있겠다는 것이다.

제3장

—

정당방위

내사(內査)

"검찰에서 우리 재단에 대한 내사(內查)에 착수한 것 같소."

이철진이 심각한 얼굴이다.

"검찰에서 우리 재단을요? 왜요? 무슨 혐의로요?"

진초희가 당장에 놀란 의문들을 쏟아낸다.

"아직은 첩보 수집 단계인 걸로 보이고, 자세한 내용을 파악하는 데는 시간이 좀 더 걸릴 것 같소. 다만 몇 군데의 요로를 통해 우선 알아본 바로는 일단 저쪽에서는 우리 재단의 설립 목적에 대해서부터 의심의 대상으로 보고 있는 것 같소."

"검찰에서 왜 일개 민간 재단의 설립 목적에 대해서까지 의심할까요?"

진초희가 사뭇 예민해진 투로 거듭 의문을 표시하는 데 대해 이철진이 찡긋 이마에 주름을 만들었다 풀며 다시 말을 이어낸다.

"어떤 이유에서든 일단 검찰의 시선을 끄는 계기가 있었다고 봐야 하겠는데… 우선은 재단의 공동 이사장을 맡고 있는 초희 씨와 내가 상당히 특이한 이력의 소유자라는 점부터가 그들에게는 의심이나 의구심을 가질 만한 이유가 되었을 수도 있지 않겠소?"

진초희가 살짝 눈을 치떴으나 당장에 뭐라고 말을 받지는 않는다. 그녀의 그런 반응에 대해서는 그저 지켜보고만 있던 김강한이 눈치도 없이 지어지는 실소를 애써 참는다. 그녀나 이철진의 이력이 결코 평범하지는 못하다는 것은 결코 부정할 수 없는 사실이다.

그나마 다행이라고 할 것은 서류상에는 재단의 공동 이사장에 그의 이름이 빠져 있다는 것이다. 그렇지 않고 만약에 그의 이름까지—물론 김강한이 아닌 조상태로—등재되었더라면 이철진이 말하는 '의심이나 의구심을 가질 만한 이유'는 한층 더 커졌을 것이다. 더하여 그 개인적으로도 당장 곤란한 입장에 처하게 되었을 것이고.

가장 중요하고도 심각한 추정

이철진의 시선이 문득 김강한에게로 향한다.

"검찰의 내사와는 별개로 또 다른 쪽의 동향이 하나 포착되었는데… 아무래도 조상태를 추적하는 움직임이 있는 것 같소."

그 말에는 김강한이 저도 모르게 움찔하며,

"조상태를요? 왜요?"

하고 묻는다. 그러나 대답이 나올 만한 질문이 아니겠기에 다시 덧붙여 묻는다.

"누가요?"

"그게… 좀 묘한 구석이 있소."

"묘하다니요?"

"얼마 전의 사건도 있고 해서 나카야마카이가 관련되었을 가능성부터 염두에 두고 은밀하게 역추적을 해봤는데, 첫 단서가 잡힌 곳은 바로 국제파였소."

김강한이 차갑게 표정을 굳힌다.

"음! 양조연이라고 했던가요? 국제파 보스 이름이? 생각보다 뒤끝이 구질구질한 인간이군요?"

그러나 이철진이 가만히 고개를 가로젓는다.

"양조연에게는 이미 확인을 해보았는데, 예상 밖으로 나카야마카이와는 전혀 무관했소. 그의 말로는 모처로부터 거절

할 수 없는 의뢰를 받았다고 하는데… 그 모처가 바로 국정원이라고 했소."

"국정원이요?"

믿기 어렵다는 투로 반문하고 나서 김강한은 실소로 덧붙인다.

"훗! 재미있군요. 대한민국의 국가 정보기관인 국정원에서 일개 조폭 조직에다 의뢰를 했다는 겁니까? 그것도 기껏 조상태라는 인물 하나를 추적하라고?"

"내가 묘한 구석이 있다고 하는 것도 바로 그런 점에 대해서요. 나도 잘 이해가 안 되는 상황이긴 하지만, 어쨌든 국정원의 개입을 전제하고 본다면 대강의 정황을 추정해 볼 수는 있소. 즉 아마도 처음에는 경찰과 검찰을 통해 추적했을 거요. 그러나 조상태에 관한 인적 사항이 이렇다 할 게 없고, 더욱이 어느 시점부터는 정보와 종적이 아예 차단이 되었다는 걸 발견했을 테니, 다시 비공식적인 추적으로 전환하면서 여러 방편 중의 하나로 국제파 쪽으로도 의뢰가 가게 되었을 거요."

이철진이 일단 말을 멈추었다가 다시 담담한 투로 덧붙인다.

"그리고 역시 국정원의 개입을 전제한다면 우리는 또 하나의 추정을 해보지 않을 수 없소. 국정원이 조상태를 쫓는 동향의 배후에 다시 그 상위 개념의 권력이 존재하리라는 것. 국정원과 검경에다 국내 최대의 조폭 조직까지를 일괄적으로 아우를 수 있는 어떤 거대 권력, 혹은 권력자가 존재하리라는 것. 그것이야말로 우리에게 가장 중대하고도 심각한 추정일 것이오."

"으음!"

김강한이 신음처럼 탄식을 흘리는데, 이철진이 차분하게 말을 보탠다.

"그들이 왜 조상태를 추적하는지는 여전히 의문이지만, 어쨌거나 그들의 역량으로 볼 때 지금쯤은 조상태의 실체에 근접했을 가능성을 고려하지 않을 수 없는 것이고, 그렇다면 우리도 즉각 만반의 대비를 해야만 할 것이오."

노출

김강한은 혼자 걷고 있다. 목적지가 따로 있는 건 아니다. 그냥 이리저리 배회하는 것이다. 요 며칠째 매일 한두 시간쯤 그러고 있다.

그는 궁금한 것을 오래 참고 있는 성격이 아니다. 특히나 조상태의 이름하에서는.

이철진의 말대로 그를 추적하는 움직임이 있고, 또 이제쯤에는 그 추적이 바로 그의 가까이에까지 접근했을 가능성이 농후하다면 차라리 그 스스로를 무방비로 온전히 노출시켜

그들 쪽에서 먼저 다가오도록 해볼 작정에서다. 그래야 그들
이 조상태를 추적하는 이유를 알 수 있을 것이다.

미행

그는 이윽고 어떤 기미를 느끼고 있는 중이다. 모두 다섯이
다. 과연 추적자들일까? 그 다섯의 기미가 목적하는 것이 과
연 자신인지를 확인하기 위해 김강한은 조금 더 걷기로 한다.

두 블록쯤을 더 걸으면서 세 번쯤 무작정 방향을 바꾸었
다. 그런데도 그 다섯의 기미는 여전히 그의 뒤를 따라붙고
있다. 이 정도면 그들이 과연 예의 그 추적자인지까지는 단정
할 수 없어도 적어도 그를 미행하고 있다는 건 분명하리라.

김강한은 마침 앞쪽으로 보이는 길가의 1층 카페로 들어선
다. 그 다섯의 미행이 신중하기는 하되 그렇다고 딱히 은밀하
고자 애를 쓰는 것 같지는 않다는 데서 무턱대고 힘으로 제
압하고 보는 것보단 그들에게 보다 편하게 '볼일'을 볼 기회를
제공하려는 취지에서다. 일단 신사적으로.

김강한은 카페의 구석진 자리, 그중에서도 입구와 등을 돌
린 위치에 자리를 잡고 앉는다. 그리고 잠시 후 그들 다섯 기
미가 카페 앞에 도착한다. 그런데 그때다.

삐웅!

삐웅!

갑자기 사이렌 소리가 요란하다. 짧게 반복되는 형태가 경찰차의 사이렌 소리다. 고개를 돌려 바깥을 보니 카페 바로 앞에 승합차 한 대가 서는데, 차의 지붕에서 붉은빛을 번뜩이는 경광등이 촉박하게 돌아가고 있다.

검찰수사관

다섯 명의 사내가 카페로 들어선다. 그러더니 곧장 김강한이 앉은 테이블을 둘러싼다. 그의 뒤를 따라붙던 예의 그 다섯 기미의 주인공들이다.

"조상태 씨?"

사내들 중 하나가 딱딱한 투로 묻는다. 창백해 보일 정도로 핏기 없는 얼굴에다 가느다란 은테 안경이 더해져서 몹시도 차가운 인상을 주는 사내다.

"그런데요?"

굳이 당황스러운 체를 할 것까지는 없겠기에 김강한이 덤덤한 투로 확인을 해주는 겸 반문한다.

"서울 동부지검 강력범죄 전담부에서 나왔습니다."

은테 안경의 사내가 신분증을 꺼내 보인다. 김강한이 설핏 당혹스럽지 않을 수 없다. 검찰이라니? 미처 생각지 못한 엉뚱한 상황이다.

"잠깐!"

김강한이 막 거두어들이는 은테 안경의 신분증 든 손을 슬쩍 낚아챈다. 은테 안경이 움찔 당황하는 기색이다. 아마도 너무도 간단히 손을 잡혔다는 데서 오는 당황이리라.

김강한이 은테 안경의 손을 잡은 채로 신분증을 자세히 들여다본다. 그런데 과연 검찰수사관 신분증이다. 사진도 맞고 직인도 선명하다. 그럼에도 위조된 가짜 신분증일 수는 있겠으나 적어도 그가 당장 발견해 낼 수 있는 허점은 없다.

그리고 지금 사내들이 보이고 있는 당당하고도 은근히 위압적인 태도에서도 어떤 거짓의 느낌은 섞여 있지 않다. 거기에다 백주에, 그것도 이렇게 많은 사람들이 지켜보는 중에 감히 검찰을 사칭할 엄두를 내기는 어려울 것이라는 다분히 주관적인 판단까지를 더해서 그는 일단 사내들의 신분을 믿어주기로 한다.

임의동행

"검찰에서 왜……? 무슨 일이시죠?"

김강한이 잡고 있던 손을 슬며시 놓아주며 짐짓 의아하다는 시늉으로 묻는다. 은테 안경이 미간을 좁히며 딱딱한 투로 말한다.

"조상태 씨는 폭력행위등처벌에관한법률 위반 혐의로 수사를 받고 있는 중입니다. 원활한 조사를 위해 저희와 함께 가

주시겠습니까?"

"뭐요? 아니, 내가 무슨 위반을 했다고……?"

"가보시면 자세히 알게 될 겁니다."

"지금 가야 하는 겁니까? 아니… 꼭 가야 하는 겁니까? 영장 있습니까?"

김강한이 휴대폰을 만지작거린다. 잠깐의 망설임이다.

'이철진에게 전화를 할까?'

전례로 보아 이철진은 분명 검찰의 동행요구에 대해 무조건 거부하라고 할 것이고, 더하여 즉각 변호사를 보내든지 무슨 조치를 취할 것이다. 그런데 그때다.

"만약 임의동행에 응하지 않으시면 긴급체포 하겠습니다."

은테 안경이다. 이어 그는 김강한이 뭐라고 하기도 전에 다시 말을 이어낸다.

"당신을 폭력행위등처벌에관한법률 위반 혐의로 긴급체포합니다. 당신은 묵비권을 행사할 수 있고, 변호인을 선임할 권리가 있습니다. 당신의 모든 발언은 법정에서 불리하게 작용할 수 있습니다."

"지금 뭐 하는 겁니까?"

차라리 실소하며 묻는 김강한에 대해 은테 안경이 차갑게 받는다.

"절차에 따라 미란다원칙을 고지했습니다."

이어 슬쩍 젖혀 보이는 은테 안경의 재킷 자락 사이로 허리

춤에 걸린 수갑이 보인다. 그러더니 은테 안경은 다시 짐짓 은근한 느낌으로 말을 보탠다.

"조상태 씨, 마지막으로 선택의 기회를 드리겠습니다. 긴급체포로 수갑 차고 연행당해서 가시겠습니까, 아니면 서로 모양새 좋게 임의동행으로 가시겠습니까?"

이쯤 되면 김강한으로서는 선택의 여지가 확 좁아지는 셈이다.

이자들을 때려눕히고 달아나든지, 아니면 모양새 좋게 임의동행을 택하든지.

그러나 '백주에, 그것도 이렇게 많은 사람들이 지켜보는 중에' 검찰수사관들을 때려눕히고 달아나는 막가파의 행동을 하는 건 결코 내키지 않는다.

비록 그렇게 하는 것이 그다지 어려운 일은 아니라고 하더라도 말이다.

안가(安家)

"뭡니까? 여긴 검찰이 아니지 않습니까? 여기가 도대체 어딥니까?"

김강한의 이의 제기에 은테 안경의 태도가 돌변한다.

"조용히 해!"

그리고 그는 거칠게 김강한을 밀어 의자에 앉히고 이어 양

손을 뒤로 돌려 수갑을 채운다.

김강한이 일단은 참으며 순순히 따라준다. 그리고 차분하게 다시 항의한다.

"지금 뭐 하는 겁니까? 내가 범죄자로 확정된 것도 아닌데 아무리 검찰이라고 해도 사람을 이렇게 함부로 다뤄도 되는 겁니까? 당신들, 정말 검찰수사관 맞습니까?"

"조용히 하라고 했잖아, 새끼야! 죽고 싶어?"

은테 안경이 차갑게 외치더니 불쑥 권총을 꺼내 들고는 그대로 김강한의 머리에 들이댄다.

금속 막대기의 차갑고도 딱딱한 촉감이 머리에 닿는 느낌이 싸하다. 아무리 외단으로 박막의 방어벽을 겹겹이 쌓아놓았다고 하더라도 결코 안전을 보장할 수는 없으리라. 아니, 설령 금강불괴라고 해도 목숨 가지고 장난칠 수는 없는 노릇이 아닌가?

"안가(安家)라고 들어봤어? 여기가 바로 안가야! 사람 하나쯤 죽여도 흔적조차 남지 않는 곳이라고! 그러니까 개죽음당하지 말고 순순히 시키는 대로만 해! 그럼 다치지 않고 나가게 해줄 테니까!"

협박인지 설득인지 애매하게 말을 보탠 은테 안경이 다시 권총을 거둔다. 그 틈에 김강한은 머릿속 짐작을 좀 더 구체화해 본다.

'이들은 검찰이 아니다. 그렇지만 일단 조금 더 지켜보기로

하자. 도대체 조상태에게 무슨 용무가 있는 것인지.'

물고문?

"이름?"

은테 안경이 짧게 묻는 말에 김강한이 순순히 대답한다.

"조상태… 입니다."

그러나 은테 안경이 이어서,

"생년월일?"

하고 묻는 말에 대해서는 김강한이 선뜻 대답할 말을 떠올리지 못한다. 조상태의 신상 명세를 본 적은 있지만, 외워두지 않은 것이다. 여태까지는 그럴 필요도 못 느꼈고. 그러나 곧바로 판단이 선다. 이들도 이미 조상태의 신상 명세쯤은 확보하고 있을 것이니 섣불리 틀린 대답을 하기보다는 차라리 조금 버티는 모양새가 낫다는. 그런 중에 은테 안경의 인상이 확 일그러진다.

"이 새끼가 진짜로 뒈질라고! 야, 이 새끼야! 똥인지 된장인지 그렇게 구분이 안 되니?"

듣지 않아도 될 거친 언사에 김강한이 지그시 입술을 물며 화를 추스른다.

그런데 그때다. 은테 안경과 함께 있던 자들이 뭔가를 가지고 와서 김강한의 곁에다 놓는다. 주전자와 두꺼운 수건 한

장이다.

"이걸로 뭘 하려는 건지 짐작이 되니?"

은테 안경이 빙글거리며 묻는다. 안 그래도 김강한이 퍼뜩 감이 잡히는 중이다. 이자들이 지금 뭘 하려는 건지.

'물고문을 하겠다?'

그러나 다음 순간에 그는 저도 모르게 피식 희미한 실소를 머금고 만다. 지금의 이 엄혹하고도 황당한 현실이 차라리 어이가 없어서다.

"웃어?"

은테 안경의 얼굴이 대번에 차갑게 굳는다. 그러더니 얼굴을 김강한의 앞으로 바짝 가져다 대며 천천히 씹어뱉는다.

"그래, 웃을 수 있을 때 맘껏 웃어둬라! 요즘에는 뭐 영화 같은 데서도 많이 나오고 하니까 이게 별것도 아닌 것 같지? 흐흐흐! 그러나 한번 당해보면 이게 어떤 건지 아주 절절하게 알게 될 거다! 바지에 오줌을 질질 싸면서 제발 살려달라고 애걸복걸 매달리면서 말이야!"

그리고 사내 하나가 물 주전자를 들고 또 다른 사내 하나는 김강한의 얼굴에다 수건을 덮어씌운다.

김강한이 이윽고 더는 참을 수가 없는 지경이 된다. 아니, 더 이상 참을 필요도 없을 터이다.

이자들이 조상태에 대해 조사한다는 것은 조상태에 대한 뭔가를 알고 있다는 것이리라. 물론 그 뭔가는 조상태에게 안

좋은 쪽이겠고. 어쨌거나 조상태의 신분이야 상황에 따라서는 버리면 그만이다. 어차피 계속 그 신분으로 있어야 할 필요는 없으니까.

지금이 어떤 세상인 줄 알고

와드득!

소리와 함께 김강한의 양손을 묶고 있던 수갑이 간단히 뜯겨져 나간다. 그리고 순간 놀라서 덤벼드는 자들을 향해 김강한의 몸이 사뭇 느긋하게 움직인다.

퍽!

퍼퍽!

십팔수가 작렬하는 중에 은테 안경을 제외한 사내 넷이 순식간에 나가떨어진다. 그런데 바닥에 널브러진 채로 사내들은 꼼짝도 하지를 못한다. 마혈까지 제압당한 까닭이다.

"꼼짝 마! 쏜다!"

은테 안경이 권총을 겨누며 외친다. 그러나 김강한이 빙글 몸을 회전시키는가 싶더니 어느 틈에 은테 안경의 측면으로 다가들며 간단히 권총을 빼앗는다. 이어,

짜자자작!

경쾌한 소리와 함께 은테 안경의 머리가 좌우로 흔들린다. 김강한이 그의 따귀를 몇 차례나 사정없이 후려갈긴 때문이다.

은테 안경의 입술이 터지고 코피가 터져 피가 줄줄 흐르는 와중에도 용케 벗겨지지 않은 안경이 그의 코끝에 겨우 걸린다. 그러나 고통보다는 차라리 경악한 표정의 그는 안경을 고쳐 쓸 경황조차 찾지 못하는 모양새다.

김강한이 그런 은테 안경의 멱살을 끌어 한쪽 벽에다 기대 앉히는 중에도 은테 안경은 여전히 저항은커녕 아예 꼼짝을 하지 못한다.

또한 마혈을 제압당한 까닭이다.

이어 김강한이 바닥에 쓰러진 다른 자들의 품을 뒤져 권총 두 자루를 더 찾아 챙기고는 그가 좀 전에 묶인 채 앉아 있던 의자를 들어서 은테 안경의 앞으로 가져다 놓는다. 그럼으로써 상황은 좀 전과 완전히 달라져서 두 사람의 입장은 완전히 정반대로 역전되었다.

김강한이 의자에 앉으며 바닥에 널브러져 있는 사내들을 천천히 돌아본다. 그리고 다시 은테 안경과 느긋하게 눈을 맞추며 무심한 투로 뱉는다.

"야, 이 새끼들아! 지금이 어떤 세상인 줄 알고 감히 이따위 짓거리를 하니? 뭐? 한번 당해보면 이게 어떤 건지 아주 절절하게 알게 될 거라고? 바지에 오줌을 질질 싸면서 제발 살려 달라고 애걸복걸 매달릴 거라고? 어디 네놈들부터 그렇게 한번 당해볼래?"

은테 안경이 이를 악다문 채 묵묵부답인데 제법 강단을 비치는 모습이다. 김강한이 의자 옆 바닥에 놓아둔 권총 중에서 하나를 집어 든다. 그리고 천천히 은테 안경의 미간쯤을 향해 겨눈다.

"이봐, 나에 대해서 조사를 좀 한 것 같은데, 그럼 내가 이런 상황에서 권총의 방아쇠쯤 쉽게 당길 수 있는 사람이라는 것도 알고 있겠지? 자, 니 몸뚱이 어디부터 구멍을 내줄까?"

김강한이 무심하게 뱉는 말에 은테 안경의 눈꼬리에 가는 떨림이 스쳐 간다. 그러나 그는 좀 더 힘껏 이를 악다무는 것으로 대답을 대신한다.

순간 김강한의 손가락이 가볍게, 그러나 거침없이 방아쇠를 당긴다.

피슝!

소음기가 내장된 권총에서 발사된 탄환이 천장의 석고보드를 관통하며 뿌연 먼지 줄기를 만들어낸다.

"좋아, 총알이 나간다는 건 확인했고!"

김강한이 짐짓 만족스럽게 고개를 끄덕이고 나서 다시 무심한 투로 말을 이어간다.

"그다음은 내가 얼마나 잔인해질 수 있느냐 하는 게 문제이

겠는데 말이야. 흠, 내가 경험해 본 바에 의하면 사람이 잔인
해진다는 게 처음부터 대번에 잔인하기는 어렵더라고. 그러나
점차로 그 강도를 더해가다 보면 나중에는 거부감이 줄어들
고, 그러다 보면 별생각 없이 사람 머리에다 구멍도 낼 수 있
게 되고, 뭐 그렇게 되더라고."

그러나 은테 안경의 시선은 아예 김강한을 보지 않고 바닥
을 향하고 있다.

'네가 무슨 말을 지껄여도 나는 상관하지 않겠다.'

그런 저항의 표시일까?

총알이 모자랄 일은 없을 것 같네

"자, 그럼 시작해 보자고. 이제부터 내가 묻는 말에 성의 있
는 대답이 나오지 않으면 먼저 네 왼 다리부터 구멍을 내준
다. 그다음은 오른 다리, 다음은 왼 어깨, 다음은 오른 어깨,
마지막으로는 머리, 그런 순서로 구멍을 내준다. 자, 질문 시
작! 이름?"

김강한이 무심하면서도 일방적인 말투다. 그러나 은테 안경
의 표정에서는 미동도 없는데, 순간,

피슝!

권총이 발사되고,

"악!"

소스라치는 비명이 토해진다. 은테 안경의 왼쪽 종아리에서 시뻘건 핏줄기가 솟구친다. 은테 안경이 짧은 비명과 동공의 격렬한 흔들림으로만 고통과 경악을 표시하는 중에 김강한의 질문이 다시 이어진다.

"다시 묻겠다. 이름?"

"이, 이런… 미친 새끼!"

은테 안경이 한 호흡 늦게 울부짖듯이 악을 쓴다.

"미친 새끼? 그게 이름은 아니겠지?"

김강한이 차가운 반문과 함께 다시 가볍게 방아쇠를 당긴다.

피슝!

"으악!"

또 한 번의 소스라치는 비명이 방 안을 울리는 중에 이번에는 은테 안경의 오른쪽 종아리에서 핏줄기가 솟구친다.

"이름?"

김강한이 차분하게 깔리는 소리로 다시 묻는데,

"자, 잠깐! 조승래! 내 이름은 조승래!"

은테 안경이 다급한 소리로 토해낸다.

"조승래? 나하고 종씨라는 것 말고는 별로 특별할 것도 없는 이름인데, 아까운 총알을 두 방씩이나 쓰게 만드나?"

김강한이 무심한 듯이 반응하고는 바닥에 놓인 다른 두 자루의 권총을 내려다보며 느긋하게 덧붙인다.

"하긴 뭐, 총알이 모자랄 일은 없을 것 같네."

대테러 보안국

"자, 다음 질문! 소속?"

순간 은테 안경 조승래의 눈동자가 흠칫 흔들린다. 그것이 그의 절박한 갈등을 보여주는 듯한데, 그런 참에 김강한이 불쑥 덧붙인다.

"아, 미리 경고하는데, 검찰 어쩌고 하는 소리는 다시 하지 마. 요즘 대한민국 검찰에서 함부로 권총을 들이대고 물고문 같은 걸 한다면 누가 믿겠어? 안 그래? 자, 소속?"

다시 질문이 떨어지자 조승래는 대번에 사색으로 변하고 만다.

"잠깐! 잠깐만!"

그러나,

피슝!

권총은 여지없이 발사되고,

"큭!"

비명과 함께 조승래의 왼 어깨에서 핏줄기가 솟구친다.

"소속?"

아무 일도 없었다는 듯이 무심하게 다시 질문이 떨어지고,

"국정원!"

반사적이다시피 대답이 튀어나온다.

"국정원? 확실해? 머리에 구멍 나기까지 이제 두 발 남았어. 허튼소리는 아니겠지?"

"사실이오! 나는 국정원 대테러 보안국 소속 특수 요원이 오!"

"대테러 보안국? 그래, 좋아. 그렇다 치고. 자, 다음 질문. 날 여기에 데리고 온 이유는?"

"그, 그건……."

조승래가 다시금 주춤거린다. 그러나 방아쇠에 걸린 김강한의 손가락에 여지없이 힘이 들어가려 하자 그가 질겁하며 다급한 외침을 토해낸다.

"잠깐! 말하겠소!"

그런데 그때다.

쾅!

문짝이 부서지는 소리가 나더니 출입문이 거칠게 열린다.

정당방위가 그렇게 쓰이는 용어인 줄은

권총과 자동소총으로 무장한 대여섯 명의 사내가 안으로 들이닥치는데도 김강한은 느긋하다. 그들의 기척을 진작부터 감지하고 있던 때문이다.

"총 내려놔!"

권총을 겨눈 사내 하나가 날카롭게 외친다. 그러나 김강한은 아랑곳하지 않고 사내를 향해 마주 권총을 겨눈다.

"총은 나한테도 있어!"

김강한의 그런 반응에 무장 사내들이 어이없다는 기색이 되면서도 방아쇠에 걸린 손가락에 힘이 들어간다. 그렇게 실내의 공기가 일촉즉발의 긴장으로 팽배할 때다.

"모두 총 내려놓게!"

무장 사내들의 뒤로 중절모를 쓴 사내 하나가 새로이 등장하며 묵직한 목소리로 말한다. 그러자 그것이 지상명령이라도 되는 듯이 무장 사내들이 일제히 총구를 아래로 내린다. 김강한 역시도 어차피 권총 한 자루로 자동소총까지 동원된 화력과 겨룰 건 아니니 순순히 총구를 내린다.

중절모 밑으로 보이는 눈가 주름과 입가에 깊게 파인 팔자주름, 그리고 전반적으로 풍기는 중후함에서 그 사내는 적어도 초로의 나이로 짐작된다.

중절모 사내가 피투성이인 채로 벽에 기대앉은 조승래와 또 이제쯤 마혈이 저절로 풀리기 시작해서 바닥에 쓰러진 채로 몸을 버둥거리고 있는 네 명의 사내를 눈짓으로 가리키며 다시 지시한다.

"2팀 요원들 밖으로 옮기고, 부상자는 빨리 병원으로 보내 치료받도록 하게!"

"옛."

나직이 복창한 무장 사내들이 즉시 움직여 조승래를 등에 둘러업고, 또 바닥에 쓰러져 있는 네 명의 사내를 부축하여 신속하게 방을 나간다.

그런 무장 사내들의 모습에서는 철저하고도 절대적인 상명하복의 기강이 엿보인다.

이어 중절모 사내는 여전히 곁에 남아 있는 마지막 한 명의 중년 사내를 돌아보며 가볍게 고개를 끄덕인다.

"여긴 괜찮으니까 박 팀장도 그만 가보도록 해."

박 팀장이라 불린 중년 사내가 잠시 망설이는 듯하더니,

"예, 알겠습니다."

대답하고는 순순히 방을 나간다.

"잔인하군."

문이 닫히고 나서 중절모 사내가 김강한의 맞은편 자리에 앉으며 뱉는 말이다. 김강한이 희미하게 웃으며 또한 덤덤한 투로 받는다.

"영문도 모르는 사람을 끌고 와서 다짜고짜 권총 들이대고 물고문까지 하겠다는 그쪽이 잔인한 거지. 난 그냥 그쪽이 잔인한 데 대한 정당방위였을 뿐이고."

"후훗! 정당방위가 그렇게 쓰이는 용어인 줄은 오늘 처음 알았군."

"나한텐 그렇소."

김강한의 그 말에는 중절모 사내가 눈가에 희미한 웃음기를 비친다.

비로소 온전히 기억되는 그 이름은

"최중건이라는 이름을 기억하겠나?"

불쑥 묻는 중절모 사내의 말에 김강한이 설핏 미간을 모은다. 그러나 다음 순간 그의 뇌리 속으로 문득 기억의 편린 몇 개가 떠오른다. 가장 먼저는 지금 중절모 사내의 굵은 저음의 목소리다.

그때 서해 개발 사무실에서 벌어진 사건으로 총상을 입고 병원에 입원해 있던 중에 경찰에서 나온 박 형사를 통해 그를 찾아온 하프 코트의 사내. 그 사내가 건넨 휴대폰으로 통화를 한 바로 그 목소리다.

자신의 아들이 왜 죽어야 했는지에 대해, 자식 잃은 아비의 심정을 안타깝게 생각해서라도 부디 자세한 얘기를 좀 해달라고 부탁하던 목소리. 그러나 막상은 간곡하다는 느낌보다는 사뭇 권위적이고 위압적인 느낌이 강하던 그 목소리다.

최중건. 비로소 온전히 기억되는 그 이름은 바로 최도준의 아버지다.

"조상태, 자넬 꼭 직접 만나보고 싶었네."

최중건의 이어진 그 말에 대해서는 김강한이 일단 슬쩍 비틀고 본다.

"그래서 검찰에다 국정원, 그것도 모자라 조폭 조직까지 동원해서 내 뒤를 추적한 겁니까?"

최중건이 수월하게 수긍한다.

"그렇게 하지 않고는 조상태란 인물을 좀처럼 찾을 수가 없더군."

김강한이 잠시 최중건과 시선을 맞추고 나서 다시 묻는다.

"왜 나를 찾은 겁니까? 역시 그때 아드님의 사건과 관련해서입니까?"

"그렇다네."

"제가 드릴 수 있는 얘기는 그때 보내신 사람을 통해서 다 해드린 것 같습니다만?"

김강한의 그 말에 대해서는 최중건이 문득 허탈한 듯이 나직이 웃고는 다시 담담한 투로 말을 이어낸다.

"그러나 아무리 수십, 수백 번을 곱씹어봐도 도무지 납득이 되질 않더군. 내 아들이 왜? 도대체 왜? 그처럼 찬란한 청춘을 제대로 피워보지도 못한 채로 비명에 가야만 했는지 말일세. 그래서 자네를 직접 만나봐야만 하겠다는 생각이 간절해지더군. 어쨌든 내 아들의 마지막 순간을 함께한 자네를 만나서 직접 얘기를 들어봐야만 했네. 솔직히 말하자면 내 아들의 죽음에 자네가 어떤 형태로든 관련이 있거나, 나아가 어떤 원인을 제공했을 수도 있다는 쪽으로 의심이 생기기도 했고."

적어도 지금 당장의 감정은 그렇다

김강한은 잠시 침묵하며 기억의 잔여분을 되새겨 본다. 그때도 아들의 횡사에 비통해할 최중건의 심정을 냉정하게 외면할 수는 없어서 그가 보낸 하프 코트의 사내를 통해 대강의 얘기를 해준 바가 있다.

최도준과는 박영민과의 친분으로 로열 파티에서 처음 만났는데, 서로의 젊은 혈기로 처음에는 약간의 감정 대립이 있었지만 금방 해소하고 교분을 맺게 된 얘기, 그리고 그와 나카야마카이 간에 얽힌 문제가 있었는데, 하필이면 최도준이 우연하게 사무실에 들른 때에 총기로 무장한 나카야마카이의 야쿠자들이 사무실을 습격했고, 그 와중에 최도준이 총격에 당해 변을 당하고 말았다는 얘기를 대강의 요지로 해주었다.

다만 최도준의 '색광'으로서의 실체와, 더욱이 최도준이 만든 진초희와의 악연, 그리고 요결을 쫓는 자들에 관해서는 굳이 언급하지 않았다. 일이 복잡하게 얽혀들 것을 우려해서였다.

그런데 지금 최중건은 그가 최도준의 죽음에 대해 어떤 관련이 있거나 더하여 어떤 원인을 제공했을 수도 있다는 의심을 얘기하고 있다.

물론 그런 의심에 대해서 그는 굳이 아니라고 부인하고 싶은 마음은 없다. 생각해 보면 그와 최도준 간에 얽힌, 혹은 공유한 악연들로 인해 최도준이 결국 죽음에까지 이르게 된 부분이 아주 없다고 할 수도 없는 문제이니 말이다.

그리고 어쨌거나 아들을 잃은 아버지 앞에서 '나는 당신 아들의 죽음과는 아무런 상관이 없으며 더 이상 해줄 애기도 없다'고 딱 잘라 버리기에는, 왠지 마음 한구석이 편치가 않다. 그것이 아무 쓸데없고 그의 입장에서 전혀 도움이 되지 않는 낡은 감상에 불과할지라도 적어도 지금 당장의 감정은 그렇다.

지금 또한 그런 심정이다

"혹시… 엄청난 괴력에 쇳덩이 같은 신체를 지닌 괴물 같은 자들에 대해 아는 게 있는가?"

잠시 착잡한 빛이던 최중건이 불쑥 묻는 말이다. 느닷없는 소리다.

"엄청난 괴력에다 웬만한 충격에는 끄떡도 하지 않고, 총격을 당해 피를 흘리면서도 고통이나 두려움 따위를 아예 느끼지 못하는 듯하고, 중상을 입고 쓰러진 상태에서도 휘파람 소리 한 번에 불사신처럼 벌떡 일어나는 괴물 같은 자들이었네."

이어진 열거가 아니더라도 김강한은 최중건이 말하는 존재가 무엇인지를 곧바로 짐작한다.

바로 그자들이다. 요결을 쫓는 자들.

"역시 아는 게 있는 것 같군."

최중건이 무거운 투로 묻고 있다. 김강한은 잠깐의 갈등에 빠진다. 최중건이 아들을 비명에 보낸 아버지의 입장이라는 데서는 성의껏 얘기를 해주는 게 도리일 것이다. 그러나 그것에 관해 알고 난 다음에도 아버지로서 할 수 있는 일은 없을뿐더러, 오히려 위험에 빠지게 될 것이라는 예측에서는 해주지 말아야 할 얘기이다.

"글쎄요……."

김강한의 답이 애매하다. 그러나 최중건은 오히려 담담해진 기색으로 다시 말을 꺼낸다.

"정체불명의 자들로부터 나를 납치하려는 시도가 있었네. 마침 근거리에서 잠행 경호를 하던 경찰 특수 경호 팀이 대응에 나섰는데, 놈들의 엄청난 괴력에 무술 엘리트로 구성된 경호 팀이 그야말로 속수무책으로 나가떨어지더군. 비상사태로 간주한 경호 팀이 총격을 가하고 나서야 놈들이 도주했는데, 사상자는커녕 이렇다 할 흔적 하나 남기지 않았지. 경찰에서

즉각 놈들의 종적에 대한 추적에 나섰지만 역시 아무런 소득
도 없었네. 그러나 그때 난 직감할 수 있었네. 놈들이 내 아들
의 죽음에 분명 무슨 관련이 있을 것이라고. 비록 아무런 근
거도 정황도 없지만."

말을 끊은 최중건이 잠시간 가만히 김강한을 응시하다가는
나지막한 목소리로 호소하듯이 덧붙인다.

"아들을 잃은 아버지로서 부탁하겠네. 놈들에 대해서 아는
게 있다면, 아니, 자네가 아는 전부를 내게 얘기해 주게."

김강한은 마음 한구석이 다시 아릿하다.

그때도 그랬다. 아들을 잃은 아버지. 그 또한 가족을 잃어
본 처지로서 그 말에는 모른 체를 할 수가 없었다. 지금 또한
그런 심정이다.

김강한이 이윽고는 대강의 사정을 털어놓는다.

요결에 대한 이야기와 그 요결을 쫓는 자들에 대한 이야기.
다만 요결의 내용을 포함해 그래도 비밀을 지키는 것이 좋겠
다고 생각되는 부분과 서로가 모르고 넘어가는 편이 차라리
무난하겠다고 여겨지는 부분에 대해서는 끝내 자세한 얘기를
생략한다.

일정 부분의 책임

최중건은 김강한의 얘기를 듣는 중에 이따금씩 무겁게 고

개를 끄덕인다. 마치 그동안 가지고 있던 의문과 회한의 고리들을 하나하나 연결해 나가는 듯이. 그리고 이윽고 김강한의 얘기가 끝났을 때, 최중건이 떨리는 목소리로 나직한 독백을 흘린다.

"그랬군. 그런 일들이 있었군."

그리고 힘겨운 듯이 눈을 들어 김강한과 시선을 맞추며 그가 묻는다.

"내 아들의 마지막 모습은 어땠는가?"

"저는 보지 못했습니다. 저 역시도 심각한 총상을 입고 몸을 피하는 와중이었던 터라……."

"음!"

깊은 탄식을 내뱉은 최중건이 다시 침묵한다.

"아드님의 일은 정말 안타깝게 생각합니다."

김강한의 그 말에 최중건이 다시 김강한과 시선을 맞추면서 천천히 말을 꺼낸다.

"그때 자네는 요결을 쫓는 자들에 대해서는 말해주지 않았네. 다만 자네 쪽과 일본 야쿠자 나카야마카이 간의 갈등 관계로 인해 총격전이 발생했는데, 하필이면 그때 우연하게 자네의 사무실에 들른 내 아들이 총격에 맞아 변을 당했다고만 했지. 그 말을 듣고 난 잠시 아들의 복수를 꿈꿔보았네. 내 아들을 죽인 나카야마카이의 야쿠자들을 향해서이지. 그러나 내가 동원할 수 있는 모든 합법적 수단을 다 동원한다고 쳐도 도저히 가능하지가 않겠더군. 그래서 난 다른 방식을 강구해 보기로 했지. 비합법적이고 비공식적이지만 현실적으로 동원할 수 있는 가장 큰 힘. 그리고 눈에는 눈, 이에는 이라는 심정도 작용했지. 바로 조폭이었네. 우선은 이미 연결 고리를 가지고 있던 국제파를 통해서 국내의 조폭 조직을 통일시키고자 했지. 결과적으로는 자네 때문에 일이 틀어지고 말았네만."

최중건이 말을 멈추고 잠시의 틈을 가진 다음 다시 말을 이어간다.

"그런데 그 일을 추진하던 중에 난 한 가지 뜻밖의 사실을 알게 되었네. 바로 자네가 일본에 갔고, 나카야마카이를 한바탕 뒤집어놓았다는 사실에 대해서지. 난 묘한 만족감을 느꼈네. 대리만족이라고 할까? 내가 하려면 엄청난 노력과 시간이 걸릴 일을, 보다 솔직히는 그렇게 하고도 가능하다고는 자신하지 못할 일을 자네가 대신 해준 것에 대해서지. 물론 자네가 내 아들의 복수를 위해서 그런 일을 한 것은 아니겠지만 그때 내게는 그렇게 여겨졌네."

그 말에는 김강한이 괜스레 겸연쩍은 심정이 되는데, 최중건이 문득 차분한 투가 된다.

"그러나 그것으로 내 아들의 복수가 끝난 걸로는 도저히 받아들일 수가 없었네. 오히려 점차 새로운 의심이 생기기 시작하더군. 자네라는 사람에 대해서 말일세. 자네가 범상치 않은 능력의 소유자라는 것에 대해서는 대강이나마 이미 알고 있던 터이지만, 그 능력이 일본 야쿠자의 3대 조직 중 하나인 나카야마카이를, 그것도 단신으로 일본까지 건너가서 뒤집어놓을 정도로 놀라운 것이리라고는 미처 상상도 해보지 못했거든. 사실은… 새로운 의심이라기보다는 안 그래도 내 아들의 죽음에 자네가 어떤 형태로든 관련이 되어 있을 거라고 의심하고 있던 터에 자네가 그처럼 놀라운 능력을 지니고 있다는 것을 확인하면서 그 의심이 보다 확고해졌다고 해야겠지."

최중건이 다시금 말을 멈추더니,

"후우!"

가늘게 한숨을 불어 내쉰다. 치미는 격정을 애써 누르는 듯하다. 그리고 그의 말이 다시 이어진다.

"어쩌면 원망일지도 모르겠네. 만약 그것이 다만 의심에 불과하다고 할지라도 자네의 그 놀라운 능력이라면 당시에 최소한 내 아들이 죽음에 이르는 상황만큼은 충분히 막을 수도 있었을 터인데, 결국은 자네가 그런 노력을 하지 않았다는 것에 대한. 결국 내 아들이 누구에 의해 죽었건 자네에게도 일정 부분의 책임이 있다는 것이지."

김강한이 설핏 미간을 찌푸리고 만다. 최중건의 말이 점점 묘한 쪽으로 변질되어 가고 있다는 느낌에 대해서다.

최중건의 말이 계속되고 있다.

"그동안 여러 경로를 통해서 자네를 추적했네. 그리고 그
과정에서 자네에 관한 아주 비밀스러우면서도 지극히 위태로
워 보이는 몇 가지 사실을 알게 되었지. 그중에서 한 가지만
우선 말하자면, 자네가 진짜 조상태가 아니란 사실."

순간 김강한이 내심 크게 당황하지 않을 수 없는데, 최중건
이 집요한 시선으로 그를 응시하며 물음을 던진다.

"그럼 진짜 조상태는 어디 있을까? 아니지. 어떻게 되었을
까? 그렇게 의문을 가져보는 것이 보다 타당하겠지?"

그러나 그쯤에서는 김강한이 당황을 추스르며,

"후훗!"

가볍게 냉소를 흘리고는 짐짓 덤덤한 투로 말을 뱉는다.

"무슨 말씀인지 도무지 이해가 되지 않는 이상한 얘기로군
요. 뭐, 어쨌든 잘 들었습니다만, 더는 듣고 싶지가 않네요. 살
펴 가시고, 앞으로는 이런 만남이 다시 없기를 바랍니다."

이어 그가 자리에서 일어설 때다.

"앉게! 자네는 내 얘기를 마저 들어야만 하네!"

최중건의 말이 단호하다.

"내가 왜 그래야 합니까?"

김강한이 차라리 실소하며 반문하는데, 최중건이 문득 차

갑게 얼굴을 굳힌다.

"얘기하지 않았나? 내 아들의 죽음에는 자네에게도 일정 부분의 책임이 있다고! 그래서 난 자네에게 그 책임을 지우기로 했고, 그런 이상 자네에게는 어떤 선택권도 없네!"

"뭐요?"

김강한이 이윽고는 화를 표출시킨다. 그러나 최중건은 오히려 더욱 차갑게 가라앉는다.

"자네가 진짜 조상태가 아니란 사실을 포함해서 내가 밝혀 낸 그 몇 가지의 비밀스러우면서도 위태로워 보이는 사실만으로도 난 자네를 파멸시킬 수 있네! 아주 철저하게! 뿐만 아니라 마음만 먹는다면 자네 주변의, 아마도 자네에게 상당히 소중한 존재들로 보이는 몇몇 인물에 대해서도 그들이 가진 모든 걸 한순간에 송두리째 빼앗아 버리고 파멸시킬 수가 있지! 내 말이 믿기지 않는가?"

그 말에는 김강한의 표정이 딱딱하게 굳어지고 만다.

전화 한 통이면 간단히 될 일

"좋아, 당신이 그럴 수 있다고 쳐. 그러나 난 당신이 그 어떤 시도도 하기 전에 죽여 버리지, 뭐. 쥐도 새도 모르게 말이야. 나한테는 그럴 능력이 충분히 있거든. 내 말이 믿기지 않아?"

김강한의 잇새로 새어 나오는 시린 소리다. 그러나 소름이 끼칠 그 위협에 대해 최중건은 그저 담담하게 고개를 끄덕이며 받는다.

"믿네. 자네에게 그렇게 할 능력이 충분히 있다는 걸 한 점의 의심도 없이 믿네. 역으로 말하자면, 자네에게 그런 능력이 있다는 걸 믿지 않았다면 난 지금 자네를 만나고 있지도 않을 거고, 이런 말을 하고 있지도 않을 걸세. 그러나 자네 또한 생각해 봐야만 할 걸세. 자네가 지금 당장 나를 죽인다고 해도 자네와 자네에게 소중한 존재들의 파멸을 막지는 못한다는 사실을. 내 말이 믿기지 않는가?"

"흐흐흐!"

김강한이 냉소에 살기를 담으면서 나직이 반문한다.

"지금 당장 당신부터 죽이고 난 다음에 당신과 관계되는 것을 모조리 무너뜨리고 제거해 버리면 당신의 그런 헛소리 따위에 대해서는 신경을 쓰지 않아도 될 것 같은데?"

그러나 최중건은 여전히 담담한 채로 가만히 고개를 가로 젓는다.

"그렇게 서두를 건 없네. 내 말이 헛소리인지 아닌지를 확인하는 건 전화 한 통이면 간단히 될 일이니까 말일세. 이철진! 지금 바로 그에게 전화해서 물어보게. 이 최중건이 과연 그럴 수 있는 사람인지, 아닌지."

이철진의 이름이 거론된 것에 대해 김강한은 문득 냉정해져야 할 필요를 느낀다.

이철진은 이미 최중건에 대해 대한민국 최고의 권력 실세로 평가한 바가 있다. 그런 최중건이 지금 그의 취약점을 소름 끼치도록 정확하게 파고들고 있다.

그렇다면?

다시 한번 내게 협박 따위를 한다면

"내게도 일정 부분의 책임이 있다고 했습니까? 내게 그 책임을 지우겠다고요? 그래서요? 무얼 어떻게 하겠다는 겁니까?"

김강한이 일단은 한 발을 물러서는 모양새를 취한 데 대해 최중건이 담담하게 미소를 떠올리며 받는다.

"구체적인 건 나도 아직 정해놓지 않았네. 다만 자네에게 지워진 그 책임에 대한 의무를 이행한다는 의미에서 앞으로 몇 가지쯤의 일을 해주었으면 하는 바람을 가지고 있네."

"몇 가지쯤의 일?"

"그렇다네. 역시나 아직 정해지지는 않았지만 아주 중요한 순간에, 또한 아주 중요한 가치가 있는 일들이 되겠지."

"후훗!"

김강한이 냉소하며 다시 묻는다.

"그러니까 나한테 일을 시키겠다? 그런데 우선 물어봅시다.

아주 중요한 가치가 있는 일들이라고 했는데, 과연 그 가치가 뭡니까? 죽은 당신 아들을 위한 가치? 아니면 그것을 핑계 삼아서 결국은 당신 자신의 이익을 추구하기 위한 가치?"

노골적인 비아냥거림이다. 최중건의 표정이 문득 무거워지더니 잠시의 침묵 끝에 그가 다시 담담한 투로 말을 꺼낸다.

"어쨌든 지금으로서는 자세한 얘기를 해주기 어렵네. 다만 이렇게 하는 걸로 하지. 앞으로 자네에게 세 가지의 일을 순차적으로 부여하겠네. 그럼 자네는 이유를 묻지 말고 무조건 그 일들을 처리해 주게. 만약 그 세 가지 일만 완수해 준다면 내가 자네에게 지운 책임은 다한 걸로 하겠네. 또한 자네의 그 몇 가지 위태로운 비밀에 대해서도 영원히 함구할뿐더러 다시는 어느 누구도 의문을 제기하지 않도록 완벽하게 무마시켜 주겠네. 더하여 자네에게 함부로 책임을 지운 데 대한 보상으로 내 능력으로 가능한 범위에서 최대한의 지원도 약속하겠네."

그런 데서는 김강한이 설핏 혼란스럽다.

이건 또 무슨 수작인가 말이다. 그런 그의 내심을 짐작하기라도 한 듯이 최중건이 빙그레한 미소를 떠올리며 덧붙인다.

"그리고 이건 쓸데없는 말일 수도 있겠지만, 그냥 문득 생각이 나기에 해보는 말일세. 그 세 가지의 일을 다 끝내고 나면 자네는 어쩌면 그러한 종류의 일 자체에 대해 흥미를 가지게 될지도 모르겠다는 생각. 후후후! 만약에, 혹시라도 그럴 경우에는 나한테 말을 하게. 자네가 그런 분야의 일을 계속할 수 있도록 내가 힘을 써줄 수도 있으니."

"그만합시다!"

김강한이 더는 참지 못하고 간단히 말을 잘라 버리곤 자리를 박차듯이 일어서서 곧장 출입구로 향한다.

"자네에게도 생각할 시간이 필요할 테지. 기다릴 테니 충분히 생각해 보게."

등 뒤에서 하는 최중건의 그 말에 대해서는 김강한이 고개조차 돌리지 않은 채로 차갑게 뱉는다.

"또 만나게 될지는 모르겠지만, 이것 한 가지는 분명히 경고해 두지요. 만약 다시 한번 내게 협박 따위를 한다면 그것이 어떠한 형태든 결코 용서하지 않을 거라는 것, 명심해 두는 게 좋을 겁니다."

"알겠네. 각별히 유념하겠네."

최중건이 순순히 수긍한다. 그러나 그의 얼굴에는 여전히 담담한 미소가 드리워져 있다.

양면의 칼

김강한은 그를 향한 위협들이 성큼 가까워진 느낌을 받는다. 이미 불거진 나카야마카이의 위협에 더해 그동안 잠재하던 최중건이라는 위협이 느닷없이 돌출되었다. 더욱이 최중건의 갑작스러운 등장은 그가 가장 큰 위협으로 규정해 두었으되 아직은 구체화되지 않아서 나중 언젠가 닥쳐올 향후의 위협이라고 치부해 둔 위협 하나를 당장에라도 닥쳐올 수 있는 사뭇 민감한 위협으로 끌고 나온 감마저 있다. 바로 요결을 쫓는 자들에 대해서다.

그러나 최중건은 양면의 칼이라고도 할 수 있겠다. 그 자체로는 당장의 위협이지만, 다른 한편으로 생각해 보자면 가장 큰 위협인 요결을 쫓는 자들에 대응하는 방편으로 이용할 여지도 있겠다는 점에서 그렇다. 최중건의 역량이 어떠한지는 이미 확인되었다고 할 것이니 그와 협력관계를 취한다면? 즉 그가 원하는 일을 처리해 주는 대가로 그가 가진 권력의 편리를 취할 수 있다면?

예컨대 최중건이 막강한 영향력을 발휘하는 공권력으로부터 광범위하고도 한 차원 높은 정보를 제공받을 수 있다면? 여전히 그 실체가 막연한 요결을 쫓는 자들의 정체를 한결 용이하게 추적해 나갈 수도 있지 않겠는가? 아울러 공권력의 직간접적인 비호로 이름 재단의 안전성이 더욱 견고하게 될 것이라는 정도의 편리는 그리 어렵지 않게 기대해 볼 수 있을 것이다.

결정

'해볼 만하겠다.'

김강한의 생각은 그런 쪽으로 정리가 되어간다.

최중건이 그에게 지우겠다는 책임과 의무, 그것에 대해 그는 또 한 번의 거래라고 정의를 해본다.

이철진과의 거래 이후 두 번째의 거래.

다만 이 두 번째의 거래를 이행함에 있어서 그는 심각한 위협들에 보다 자주, 그리고 보다 가까이 직면하게 될 것이다. 요결을 쫓는 자들을 비롯한 기존의 위협들은 더욱 가중될 것이고, 전혀 새로운 위협도 등장하리라.

그러나 그 모든 위협은 오로지 그에게로만 집중되어야 한다. 그럼으로써 그의 소중한 사람들이 안녕할 수 있도록.

그는 이윽고 하나의 결정에 이른다.

'떠나야만 한다!'

제기랄!

'그들에게는 뭐라고 할 것인가?'

결정에 뒤따르는 고민이다. 작고 사소한, 그러나 마음이 시려오는 고민.

이철진과 쌍피, 그리고 중산에게는 어렵지 않게 말을 꺼낼 수 있을 것 같다.

하긴 굳이 말을 하지 않으면 또 어떠랴? 그가 어떻게 하든 그들은 그들 나름대로 이해를 할 것이다. 그리고 그 없이도 그들이 잘해 나갈 수 있으리라고 믿는다. 이롬 재단이 그 규모와 역량을 빠르게 키워가고 있고, 이철진의 구상이 이미 마무리 단계에 와 있는 새 아지트만 완성되어도 훨씬 더 강력한 보안과 안전이 확보될 것이다.

그러나 진초희에게는? 그녀에게는 뭐라고 설명할 것인가? 어떤 경우에도 그녀를 지켜주겠다고, 결코 곁을 떠나지 않겠다고 한 약속을 어기게 되는 일이다. 그럼으로써 그 어떤 설명도 해명도, 변명이고 핑계일 뿐이다.

'떠날 때는 말없이!'

영화 제목인지 노래 제목인지 하여튼 그런 말도 있듯이 그는 차라리 조용히 사라지는 쪽을 택하기로 한다.

구차스러운 변명이나 핑계를 대기보다는 그편이 오히려 덜 불편하지 않겠는가? 다만 이것이 지금의 상황에서 그가 어쩔 수 없이 하는 선택임을 그녀가 깊이 이해해 주기를 바랄 뿐이다. 또한 그가 모든 위협과 그 근원까지를 모두 제거하고 마치 아무 일도 없었다는 듯이 다시 그녀의 곁으로 돌아올 것을 의심 없이 믿어주기를 간절히 바랄 뿐이다.

그러나 '제기랄'이다.

그녀에게 그런 걸 바란다는 것은 결국 그녀가 누구보다 대범하고, 현명하고, 냉철하고, 단호한 여자이기를 바란다는 것이 아닌가? 그에게만 의지하며 언제나 그의 보호를 필요로 하는 연약한 여자여서는 안 되는 것이 아닌가?

한 번 더 '제기랄'이다. 그러나 어쩔 수가 없다. 비록 그가 바라는 그녀의 모습이 아닐지라도 지금으로서는 어쩔 수가 없는 노릇이다.

제4장
—
테스트

CYH건 보고 1

1. 인적 사항 및 약력

—최유한. 58세 남자. 한국 국적(미국 영주권자).

—20대 초반에 미국 매사추세츠 공과대학교(MIT) 박사학위 취득 및 30대 초반까지 항공우주과학 분야에서 탁월한 연구 업적을 쌓으며 천재 과학자로 세계의 주목을 받았음. 그러나 30대 후반부터는 뚜렷한 연구 실적이나 성과가 없으며 그 행적 또한 구체적으로 알려진 것이 없음.

2. 경과 사항

지난달 최유한 박사가 제3국을 거쳐 비밀리에 국내로 들어왔고, 이후 국정원 계통으로 접촉을 시도해 옴. 다음은 그의 주장을 요약한 것임.

—지난 30여 년간 미국의 비밀 국책 연구 기관에서 미래형 우주무기를 개발하는 프로젝트를 그가 주도했는데, 개념 연구와 선행 연구를 거쳐 실용화에 거의 근접한 마지막 단계에 접어들었음.

—만약 프로젝트가 완성될 경우, 현재도 세계 최강의 군사력을 보유하고 있는 미국은 그야말로 압도적이고도 절대적인 무력의 우위를 확보하게 됨. 그럼으로써 주요 강대국들 상호 간의 핵억지력으로 겨우 유지되고 있는 현재의 세계 무력 균형이 한순간에 무너질 것임. 역사가 말해주듯이 압도적인 무력의 불균형은 반드시 전쟁을 야기하게 될 것이고, 그것은 곧 인류 전체의 불행으로 이어질 것임.

—그런 판단에서 완성 직전에 있는 미래형 우주무기의 핵심 연구 결과를 차라리 폐기하기로 결심함. 그리고 가장 효과적인 방편으로 연구의 전 과정을 숙지하고 있으며 연구 결과 전반에 대해 총체적으로 이해하고 있는 유일한 존재인 그 스스로를 실종시키기로 하고 미국으로부터 은밀하게 탈출을 감행함.

—그러나 그의 실종을 인지한 즉시 미국 정보기관에서는 모든 방법을 동원해 추격을 시작했을 것이고, 아마도 지금쯤에는 이미

국내에까지 추격해 왔을 수도 있음. 따라서 한국 정부에서 비공식적으로 자신의 도피를 도와주기를 원함. 그 대가로 미래형 우주무기의 핵심기술은 아니더라도 그 개발 과정에서 파생된 하위 개념이지만 조국의 과학기술 발전에 획기적인 기여를 할 수 있는 일단의 기술들을 인계하겠음.

CYH건 지시 1

그가 말하는 미래형 우주무기의 핵심기술과 그 하위 개념의 파생 기술이란 것들에 대해 철저한 확인과 검증을 시행한 후 결과를 보고할 것.

CYH건 보고 2

1. 지시 사항 이행 결과

최유한 박사의 신병을 확보하여 안가로 유치하였음. 이후 해당 분야의 원로급 석학 두 사람을 비밀리에 섭외하여 상호 간 토론을 진행함. 다음은 그 결과를 요약한 것임.

―미래형 우주무기에 대해서는 최유한 박사의 거부로 개념 소개 정도로만 언급되었음. 우리 측 석학들의 판단 결과로는 과학적으로는 의미가 있을 수 있으나 실용화를 위해서는 기반 기술을 포함한 유관 기술의 발전이 병행되어야 하는데, 미국이라면 몰라

도 현재 우리나라의 기술 발전 속도로 보아서는 향후 20년 내에는 실용화가 어려울 것으로 판단함.

─그 하위 개념의 파생 기술이란 것들 또한 산업 기초 기술로서의 가치는 분명히 크다고 할 것이지만, 그것을 실용화하는 데 있어서는 가히 천문학적인 비용이 소요될 것으로 판단함. 따라서 비용 대비 효과 측면으로 접근했을 때, 그 가치는 상당 부분 희석된다고 할 수밖에 없다는 의견임.

2. 이슈 사항

─미국 국가 비밀 정보국에서 국정원 계통을 통해 비공식적 접촉을 취해옴. 최유한 박사가 미국의 극비 정보 자산을 소유하고 있다는 점과 그가 제3국을 경유하여 지금 한국에 들어와 있는 것으로 파악되었으니 그를 체포하는 데 적극적인 협조를 요청한다는 내용임.

─전반적인 정황으로 판단할 때, 미국 측에서는 우리 측이 최유한 박사의 신병을 확보하고 있다는 사실까지는 아직 확정하지 못하고 있는 것으로 보임. 그러나 상당 부분 의심을 하고 있을 가능성은 고려해야 할 것으로 판단됨.

3. 문제점

─추후 우리 측에서 최유한 박사의 신병을 확보하고 있다는 사실이 밝혀질 경우, 한국 정부 차원에서 미국의 미래 핵심 무기체

계 기술을 편취할 목적으로 그를 빼돌린 것으로 오해받을 소지가 있음. 그럴 경우에는 자칫 양국 간의 중대한 갈등으로 비화될 수 있음.

—그러나 이제 와서 그를 미국에 인도하기에는 타이밍을 놓친 감이 있음. 또한 만약의 경우 이번 건에 대한 내용이 나중에라도 오픈된다면 현 정부가 미국의 압력에 굴복하여 자국민에 대한 보호 의무를 저버렸다는 비난 여론에 직면할 수 있음.

4. 지침 하달 바람.

CYH건 보고 3(긴급)

미국 국가 비밀 정보국에서 최유한 박사의 위치를 확정하고 그를 넘겨달라는 요구를 해왔음. 최 박사가 보유하고 있는 일체의 정보 자산은 엄연히 미국 정부의 소유이니 그를 미국으로 압송해 가겠다는 요지임.

—지침 하달 바람(긴급).

CYH건 지시 2

미국 측의 요구는 일단 거부할 것.

그는 엄연히 대한민국 국적을 가진 대한민국의 국민이고, 더욱이 현 소재가 대한민국의 영토 내인 이상 결코 타국에 넘겨줄 수 없다는 논리로 대응할 것.

단, 모든 것은 철저히 정보 계통 차원에서만 처리하고 어떤 경우에도 정부 차원으로는 비화되지 않도록 절대 유의할 것.

CYH건 보고 4

1. 미국 국가 비밀 정보국 동아시아 담당 국장 Mr. Brown의 최유한 박사 접견 요구에 대해 수용하였음. 단, 우리 측이 입회하는 조건임.

2. Mr. Brown의 최유한 박사 접견 내용 요약.

─Mr. Brown이 최 박사에게 미국으로 돌아갈 것을 회유함.

"이번 일에 대해 어떠한 책임도 묻지 않을 것이며, 대우와 연구 지원 범위도 대폭 늘리겠다!"

─최 박사는 단호하게 거부함.

"미국은 이미 초강대국인데, 나의 연구 결과마저 무기화한다면 결국에는 무력으로 세계를 지배하려 할 것이고, 이윽고는 세계 민주주의 시스템의 몰락이라는 비극으로 이어질 수 있다. 그 어떤 희생과 대가를 치르는 한이 있더라도 나의 연구 결과로 인해서 그런 엄청난 비극이 유발되도록 할 수는 없다."

─Mr. Brown이 최후 대안을 제시함.

"최 박사가 유출한 연구 결과 리포트만이라도 반납하라. 그건 명백히 미국 정부의 소유이다."

─최 박사는 리포트의 존재 자체를 부정함.

"어떤 형태로든 연구 결과 리포트를 가지고 나온 건 없다. 모든 건 내 머릿속에 들어 있다."

─Mr. Brown.

"믿지 못하겠다."

─최 박사.

"그렇다면 연구 결과 리포트 중에서 당신들이 임의의 문건을 하나 선택해서 그 타이틀을 내게 제시해 보라. 그러면 내가 이 자리에서 바로 그 내용에 대해 기술해 보이겠다."

─Mr. Brown이 미국과 연결하여 연구 결과 리포트 문건 하나의 타이틀을 제시했고, 그에 대해 최 박사는 한 시간여에 걸쳐 A4용지 다섯 장 분량을 기술했는데, 복잡한 수식과 도표까지 포함된 내용이었음. Mr. Brown이 그것을 미국으로 보내 확인했는데, 도저히 믿기 힘들다는 그의 눈치에서 최 박사의 기술 내용이 리포트 원본과 일치한 것으로 보임.

3. Mr. Brown이 우리 측에 비밀 제안을 해옴. 다음은 그 요약임.

─최 박사의 연구 결과에 관한 어떤 내용이라도 미국 정부 이외의 곳으로 유출되는 것은 절대 용납 불가임.

—그러나 한미 양국 정부 간 심각한 갈등의 소지를 미연에 방지한다는 차원에서라도 최 박사에 대한 처리를 한국 측에 맡길 수도 있음. 단, 역시 연구 결과의 유출 가능성에 대한 완전하고도 영구적인 차단이 보장되어야만 함.

—만약 한국 측에서 이 제안을 거부한다면 미국으로서는 가용한 수단과 방법을 모두 동원할 것이며, 필요하다면 그 어떤 대가를 치르는 것도 불사할 것임. 그리고 그 과정에서 생기는 모든 불상사는 한국 측에서 책임져야 할 것임.

4. 최종 지침 하달 바람(즉시)

CYH건 지시 3(최종)

Permanent disappearance!

조태강

그는 지금 조태강이다.

물론 가명이다. 조상태와 김강한에서 적당히 글자를 따서 대충 만든 이름이다. 조상태에 이은 두 번째 가상의 인물인 것이다. 사실은 조상태로 행세를 하거나, 나아가 본명인 김강한을 사용한대도 상관은 없을 일이다. 어차피 일가친척 하나

없는 혈혈단신의 처지이니 본래의 신분을 사용한대서 크게 거리껴지거나 걱정할 일도 없다.

조태강으로서 그는 지금 어느 팀에 소속되어 있다. 그러나 SP팀이라는 팀명 외에는 그 팀이 어느 조직에 어떻게 소속되는 팀인지 하는 것들에 대해서는 아직 아는 바가 없다. 그러나 그는 굳이 물어보지도 않고 있다. 팀원으로서 그가 수행해야 할 임무가 무엇인지를 알고 있고, 또한 그 임무가 최중건이 그에게 의뢰하기로 한 세 가지 일 중 그 첫 번째라는 것을 알고 있기 때문이다. 그런 이상에는 달리 크게 중요할 것도, 궁금할 것도 없는 것이다.

SP팀

SP팀은 그를 포함해서 총 4명으로 구성되어 있다.

그런데 그가 그렇듯이 팀장과 다른 두 명의 팀원 역시도 그에 대해서는 아는 것이 없을뿐더러 그들끼리 역시도 서로 잘 알지는 못하는 모양새다.

또한 그런 데서 그는 아마도 그가 최중건에 의해 느닷없는 낙하산으로 팀에 투입됐을뿐더러 이 팀 역시도 급조된 것일 수 있겠다는 느낌을 받는다.

아울러서 그럼에도 그들이 그에 대해 어떤 경계나 의심 따위를 전혀 드러내지 않는다는 데서는 그들을 팀으로 조직하

고 임무를 부여한 윗선, 혹은 상부 조직에 대한 그들의 절대적
인 신뢰, 혹은 충성심이 엿보이는 듯도 하다.

임무의 목적

김강한에게 부여된 임무는 요인 제거이다. 즉 제거 대상, 요
인을 죽이는 것이다.

그런데 현재로서 그는 최중건이 관련된 그 정체불명의 조직
에 정식으로 소속된 요원도 아니다. 그런 터에 그들이 굳이 그
를 지목하여 요인 제거 임무를 맡기는 데는 나중에 빠져나갈
구멍을 미리 확보하기 위한 목적이 있는 게 아닐까 하는 짐작
을 우선 해보게 된다.

즉 그가 임무를 수행하는 과정에서 어떤 문제가 생긴다면
예의 그 정체불명의 조직과는 아무런 관계도 존재하지 않는,
그야말로 완벽하게 무관한 그에게 모든 책임을 지우면 될 일
이다. 그리고 일회용 소모품처럼 버리면 될 일이다.

그들이 첫 번째 임무에서부터 그에게 대뜸 살인 명령을 내
린 목적에 대해 짐작을 해볼 만한 부분은 또 있다.

즉 그가 이번 임무를 수행하는 과정에서 어떤 능력을 발휘
하는지를 보기보다는 명령을 내리는 그들에 대해 어느 정도
의 충성심과 복종심을 가지는지를 평가하려는 목적도 있을
법하다. 그리하여 그가 주어진 임무를 차질 없이 성공하고 주

변 외적으로도 아무런 문제가 생기지 않는다면 그때는 보다 중요한 새 임무를 다시 부여하기 위한.

차라리 익숙한 방식

김강한은 일단 그들의 의도대로 따라가 보기로 한다.

그는 어차피 이것을 하나의 거래라고 정의한 바 있다. 최중 건과의 거래. 그럼으로써 거래 중에 무슨 문제가 생긴다면 그 건 또 그때의 상황에 가서 판단하면 될 일이다.

그가 그런 방식으로 살아온 지는 이미 꽤 되었다. 그러니 이젠 그의 삶에서 차라리 익숙한 방식이다. 꼭 그래야 할 만 한 이유가 있지 않은 다음에는 그 익숙함에서 쉽게 벗어나고 싶지가 않다. 그리고 아직까지는 꼭 그래야만 할 이유가 있는 상황이 아니다.

사람을 죽이는 문제에 대해서도 그렇다. 그는 사람을 죽일 수 있다. 이미 살인을 한 전력이 있는 터에 새삼스레 아니라고 할 수는 없지 않겠는가? 다만 거기에는 그 스스로가 납득할 만한 이유가 있어야만 할 것이다.

제거해야 할 대상

12인승의 흰색 SUV차량 한 대가 해안도로를 달리고 있다.

차창 밖으로는 동해의 바다가 눈이 시릴 정도로 푸르게 펼쳐진다. 해안선을 따라 굽이굽이 이어지는 왕복 이 차선의 도로는 한참을 가도록 다른 차를 만나기 어려울 정도로 한적하다.

차 안에는 모두 다섯 명이 타고 있다. 조수석에 앉은 김강한과 운전대를 잡은 SP팀의 팀장, 그리고 뒷좌석에는 팀원 둘과 자그마한 체구의 중년 사내 하나가 있다.

그런데 몇 가지 점에서 그 중년 사내는 적어도 지금 SP팀에게 존중을 받고 있는 입장은 아닌 것 같다. 우선은 안 그래도 허약해 보이는 체구에 머리만 커다래서 더욱 약골로 보이는 중년 사내를 뒷좌석 가운데다 두고 그 양옆으로 단단하고도 우람한 체구인 팀원 둘이서 조이듯이 붙어 앉은 모양새가 그렇다. 그리고 아침에 면도를 걸렀는지 구레나룻과 입 주변으로 거뭇거뭇하니 수염이 올라와 있는 중년 사내의 초췌해 보이는 몰골이 또한 그렇다. 다만 그렇더라도 중년 사내의 눈빛만큼은 깊숙하여 사뭇 진중한 느낌을 풍기는 데가 있다.

차는 어느 산자락의 오르막 구간을 달리고 있는 중이다. 경사가 제법 가팔라서 급하게 연이어지는 S자 코스를 얼마나 올라갔을까? 아래쪽 멀리로 그들이 지나온 구불구불한 긴 굽이가 한 마리 거대한 뱀처럼 한눈에 들어온다. 그리고 위쪽으로는 닿을 듯이 하늘이 가까이 보이는 것에서 거의 산 정상 부근쯤에 도달한 것 같다. 다시 한 굽이를 돌자 도로변의 산등성이를 깎아서 차 두 대쯤을 잇달아 댈 수 있는 정도의 작은 쉼터 공간이 확보되어 있다.

운전석의 팀장이 먼저 내리고 뒤이어 뒷좌석의 팀원 둘이 중년 사내를 데리고 내리는 것을 보고 김강한이 마지막으로 천천히 내린다. 김강한의 표정이 저도 모르게 딱딱하게 굳어 있다. 지금이야말로 그가 임무를 수행해야 할 때인 것이다. 그리고 중년 사내야말로 그가 수행해야 할 임무이다. 그가 제거해야 할 대상. 바로 최유한 박사다.

살인을 해야 하는 입장

시원스럽게 탁 트인 사방의 풍광에서 그들이 지금 거의 정상에 가까운 꽤나 높은 곳에 올라와 있음이 실감된다. 이곳을 지나는 많지 않은 운전자를 위해 조성해 놓았을 작은 쉼터는 굳이 가꾼 것 같은 손길이 느껴지지는 않는다. 그래도 자갈이 깔린 좁다란 오솔길을 따라 열 몇 그루쯤의 키 낮은 조경수가 심어져 있는 풍경은 제법 아담해 보인다. 김강한은 짐짓 목과 허리를 돌려 푸는 시늉으로 이제 곧 살인을 해야 하는 입장에서의 긴장을 추스른다. 그때다.

"이쪽으로."

어느 틈엔지 쉼터 안쪽의 조경수 사이로 들어가 있는 팀장이 그를 향해 손짓하고 있다. 김강한이 힐끗 시선을 돌려 팀원 둘과 그들에 의해 통제되고 있는 최유한 박사가 여전히 차

부근에 있음을 다시 확인하고 난 다음에야 천천한 걸음으로 팀장이 있는 곳으로 건너간다.

쉼터의 안쪽 가장자리에는 허리 높이의 목책이 쳐져 있고 그 너머로는 검푸른 바다가 보인다. 김강한이 슬쩍 목책 너머로 고개를 내밀어 보자 바로 아래쪽으로는 곧장 수직의 절벽이다.

"이곳이오."

팀장이 고갯짓으로 절벽 아래쪽을 가리킨다. 여기에서 제거 대상을 처리하라는 뜻일 터이다. 그가 강조하듯이 다시 덧붙인다.

"이미 숙지하고 있겠지만 자살이오. 인위적으로 보일 만한 어떤 외상이나 흔적도 남기지 않도록."

김강한은 묵묵히 고개를 끄덕인다.

난 그런 거 되게 싫어하는데?

팀장이 팀원들을 향해 손짓하자 그 둘이 곧장 최유한 박사를 데리고 온다. 그리고 최유한 박사와 김강한만 남기고 그들 셋은 다시 뒤로 물러난다. 그러나 그들이 멈춰 선 곳이 기껏 몇 걸음 떨어진 거리에 불과하다는 데서는 김강한이 임무를 수행하는 과정을 직접 확인하겠다는 뜻으로 여겨진다.

"자리 좀 피해주시죠. 이것은 어디까지나 내게 부여되어 있는 임무이고, 난 일할 때 누가 뒤에서 지켜보는 걸 좋아하지 않습니다."

김강한의 목소리가 곱지는 못하다. 그런 데 대해 팀장의 안색이 무겁게 가라앉는다.

"당신이 좋아하고 안 하고는 내가 상관할 바가 아니오. 내가 상관하는 것은 다만 한 가지요. 당신은 내 휘하의 팀원으로서 내 명령에 무조건 복종해야 한다는 것. 그러니 당신은 지금 즉시 임무를 실행하시오. 명령이오."

김강한이 희미하게 실소한다. 그러곤 천천히 말을 뱉는다.

"내가 팀원인 건 알고 있소. 그렇지만 난 명령이니 복종이니 하는 그런 거 되게 싫어하는데? 난 내가 생각해 봐서 할 만하다 싶은 일만 하는데?"

그 말에서는 팀장의 얼굴이 차갑게 굳어진다.

"당신이 어떤 사람인지, 또 당신의 뒤에 어떤 대단한 배경이 있는지 따위는 난 몰라. 내가 확실히 아는 건 명령에 불복종하는 팀원에 대해서는 선(先) 즉결 처분하고 후(後) 보고할 수 있는 재량권이 팀장인 내게 있다는 사실이지."

그리고 품속으로 들어갔다가 나오는 팀장의 손에는 권총한 자루가 들려 있다. 김강한의 머리를 향해 총구를 겨누며 그가 다시 차갑게 묻는다.

"자, 명령에 따를 텐가, 아니면 명령 불복종으로 즉결 처분을 당할 텐가?"

김강한의 이맛살이 설핏 찡그려진다.

어떻게 하자는 거요?

"엇?"

팀장의 입에서 놀란 소리가 튀어나온다. 김강한이 번개처럼 움직였고, 다음 순간 그의 손에 있던 권총이 어느 틈에 김강한의 손으로 넘어가 있는 데 대해서이리라.

그 돌발적인 상황에 팀원 둘이 재빨리 권총을 빼 든다. 그러나 김강한이 팀장의 팔을 꺾어 앞으로 세우며 방패로 삼고 빼앗은 권총을 팀장의 머리에 겨누며 나직이 경고한다.

"그대로들 있어. 나, 권총 잘 못 다루거든? 자칫 잘못 발사돼서 불상사라도 생기면 서로가 입장 곤란해지잖아? 그러니까 권총은 곱게 다시 집어넣고 얌전히 있으라고."

팀원 둘이 멈칫거리는데, 팀장이 나직이 한숨을 쉬며 지시한다.

"하라는 대로 해."

팀원들이 권총을 다시 품속으로 집어넣는다. 사실 방금 김강한이 팀장의 팔을 꺾는 과정에서 팀장이 수수방관으로 맥을 놓고만 있던 건 아니다. 나름으로는 온 힘을 다해 반격을 시도했다. 그러나 최고의 무술을 수련하고 극한의 실전 훈련을 거친 그이건만 제대로 힘도 써보지 못하고 어이없을 정도로 간단하게 팔이 꺾이고 말았다. 김강한의 손동작이 기묘하기도 했거니와 무엇보다도 그 완력이 감히 항거하지 못할 정도로 엄청났다.

"팀장님, 지금 어디서 보이지 않는 눈이 우리를 지켜보고 있을지도 모르는데, 우리가 이러고 있어서는 좀 곤란하지 않겠습니까? 그러니 우리 서로 적당한 선에서 절충하는 걸로 합시다."

김강한의 말투가 다시 팀원다운 것으로 돌아온다. 그리고 보이지 않는 눈이란 물론 미국의 국가 비밀 정보국을 염두에 두고 하는 말이다. 그 말에는 곧바로 공감이 되는지 팀장이 나직한 소리로 반문한다.

"어떻게 하자는 거요?"

"어쨌든 내가 임무를 완수하면 팀의 임무도 완수되는 거 아닙니까? 그러니까 여기는 나한테 맡기고 여러분은 차에 가 계시죠. 어차피 이런 막다른 곳에서 무슨 변수가 생길 것도 없을 테고, 또 차 안에서도 내가 제대로 하는지 안 하는지 똑똑히 지켜보면 되지 않겠습니까?"

팀장이 잠깐 갈등하는 기색이더니 이내 무겁게 고개를 끄덕인다.

아이러니

"날 어떻게 하려는 겁니까? 난 이제 어떻게 되는 겁니까?"

김강한과 단둘이 있게 되고도 잠시간 스스로를 진정시키려 애쓰는 기색이더니 최유한 박사가 이윽고 조심스럽게 말을 꺼낸다. 가늘게 떨리는 그의 목소리에서 김강한은 그가 자신의 처지와 운명에 대해 이미 대강 눈치채고 있다는 느낌을 받는다.

"글쎄요. 어떻게 해야 할지 이제부터 고민을 좀 해봐야겠습니다."

마치 남의 일처럼 가볍게 대답하고는 멀리 바다 쪽으로 시선을 주는 김강한에 대해 최유한 박사가 불안한 중에도 다시 당황스러운 기색이 된다. 그러나 그 역시도 침묵하며 먼바다를 바라본다. 하늘과 맞닿은 수평선까지가 온통 맑기만 한 바다 풍경이 평화롭다. 그러나 그 풍경을 바라보면서 살인에 대한 고민을 하고, 또 그런 고민의 대상이 되는 두 사람의 상반된 상황이 사뭇 아이러니하다.

호소

"혹시 궁금한 거 있습니까?"

김강한이 불쑥 던지는 말이다. 최유한 박사가 잠시간 무슨 감상이나 회한에라도 사로잡혀 있었는지 흠칫 놀라고는 무거운 투로 반문한다.

"날 죽이려는 겁니까?"

김강한이 시선은 여전히 바다 쪽으로 준 채 간단히 고개만 까닥한다. 최유한 박사가 설핏 표정을 굳혔다가는 힘겹게 차분한 얼굴이 되며 다시 묻는다.

"당신은… 이전에도 사람을 죽여봤습니까?"

그 물음에는 김강한이 잠시 생각을 해보게 된다. 그것이 '맹목적으로 살인을 즐기는 것이냐?'고 파고드는 듯해서다. 그가 이전에도 사람을 죽여본 건 맞다. 그러나 그건 어디까지나 그가 먼저 당한 것에 대해 응분의 대가를 치러준 것이다. 그런데 지금은? 최유한 박사가 그에게 치러야 할 응분의 대가 같은 건 전혀 없다. 그러나 어쨌든 그럴 만한 사정이 있어서라고? 그렇더라도 그 사정이란 건 다만 그의 일방적인 사정일 뿐이다. 그가 묵묵히 입을 다물고 있자, 최유한 박사가 말을 이어낸다.

"당신으로서도 어쩔 수 없는 처지와 입장이 있을 거라는 건 충분히 짐작해 볼 수 있지만… 그렇더라도 날 좀 살려줄 수는 없겠습니까? 이대로 죽기에는 너무나 억울해서 그럽니다."

최유한 박사의 목소리가 다시 떨려 나오고 있다. 그리고 그 떨림에서는 마지막 순간까지 목숨을 구걸하는 절박함이나 구차스러움보다는 오히려 자신이 살아야만 하는 어떤 사명에 대해 간곡하게 호소하는 느낌이 녹아 있는 듯하다.

뭐가 그렇게 억울합니까?

"뭐가 그렇게 억울합니까?"

김강한이 고개를 돌려 처음으로 최유한 박사와 시선을 맞추며 묻는다. 그런 그에 대해 최유한 박사가 나직이 한숨부터 불어 내쉬고 나서 다시 말을 받는다.

"이때까지 인간으로서의 평범한 행복과 일상의 즐거움을 모두 포기하고 오로지 연구에만 매달려 살아왔습니다. 그렇게 해서 이제야 겨우 그 결실을 보았는데, 그걸 학문적 성취로 제대로 승화시켜 보지도 못하고 이렇게 허무하게 죽어야 한다는 것이 너무나 억울합니다."

"만약 내가 살려준다고 해도……."

김강한이 불쑥 끼어들다시피 하는 말에 순간 실낱같은 희망의 끈이라도 보았는지 최유한 박사의 두 눈이 커진다. 김강한이 짐짓 덤덤한 투로 말을 잇는다.

"박사께선 오늘 살아남는다고 해도 남은 평생을 어디 산간 오지에 꽁꽁 틀어박혀 숨어 살아야 하는 처지가 될 겁니다. 그럼 그 대단하다는 연구 결과는 어디에도 써먹을 수 없는 무용지물이 될 텐데, 어차피 억울할 건 마찬가지 아닙니까?"

그 말에는 최유한 박사의 얼굴에 문득 멍한 기색이 돌더니 이내 골똘히 생각에 잠기는 모습이 된다.

'이런 와중에도 저런 몰두가 가능할까?'

그런 생각으로 김강한은 잠시 지켜보고만 있다.

확신

"음······!"

무겁게 신음처럼 뱉고 나서 최유한 박사가 착잡한 느낌의 목소리로 말을 꺼낸다.

"내 연구에서 확보된 핵심기술은 폐기하더라도 그 하위의 파생 기술만으로도 조국의 과학기술 발전에 획기적인 기여를 할 수 있으리라고 생각했습니다. 그리고 그것으로 내 마지막 소명을 다하는 것이리라고 여겼지요. 그러나 나의 그런 제안에 대해 조국은 효용성이 없다고 판단하였습니다. 결국 나는 조국에서조차 외면을 받은 것이니 당신 말이 옳습니다. 오늘 내가 죽음을 면하더라도 이 세상에는 더 이상 내가 설 자리가 없을 겁니다. 그러나······."

말끝을 늘인 최유한 박사의 표정이 차분하게 가라앉는다.

"나는 여전히 확신합니다. 내가 조국에 한 제안이 결코 효용성이 없지 않다는 것을. 그것을 실용화하는 데에 결코 천문학적인 비용이 소요되지 않으며, 최소한의 연구 투자만으로도 몇 년 내에 반드시 조국의 발전에 도움이 될 수 있는 결실을 거둘 수 있다는 것을. 그리하여 나는 기다릴 겁니다. 설령 남은 평생을 산간 오지에 꽁꽁 틀어박혀 숨어 살아야 하는 처지가 될지라도, 더욱 가혹하여 빛 한 점 들어오지 않는 암흑 속에 갇혀 살아야 한다고 해도 나의 확신을 실현할 기회가 오기를 나는 기다릴 겁니다. 오늘 내가 살아남을 수만 있다면."

김강한은 최유한 박사의 얼굴이 문득 밝아졌다는 느낌을 받는다. 그런 느낌에서 최유한 박사는 마치 자신이 살아야만 할 어떤 확고한 당위성 내지는 사명 같은 것을 새로이 발견하기라도 한 듯하다.

이종(異種)의 사람

"훗!"

김강한이 가볍게 실소부터 흘리고 나서 짐짓 타박조로 말을 이어낸다.

"지금 이런 상황에서도 조국 타령이 나옵니까? 그 조국이 지금 당신의 진정을 배신하고 죽이려고까지 하고 있는 판에 원망스럽지도 않습니까?"

최유한 박사가 이제는 차라리 초월한 듯이 담담한 미소를 떠올리며 받는다.

"물론 원망스럽지요. 나도 인간인데 원망이 없다면 거짓말이겠지요. 그러나 어쨌든 조국입니다. 조국은 내가 선택할 수 있는 게 아니라 날 때부터 이미 정해진 것이니까요. 그리고 지금 날 죽이려는 건 조국이 아니라고 생각합니다. 다만 현재의 정권일 뿐이지요."

김강한은 잠시 할 말을 떠올리지 못한다.

'이건 뭐, 바보 아냐?'

그런 생각마저 든다. 자신의 전공 분야에선 최고일지 몰라도 세상 사는 방식에 대해서는 무모하고 어리석게까지 보인다. 그러나 그 생각을 당장 이해할 수는 없더라도 지금 최유한 박사에게서는 진심과 열의가 느껴지기는 한다. 더욱이 죽음이 임박한 마지막 순간까지도 그런 진심과 열의를 놓지 않는다는 데서 그것은 어떤 신념 같은 것일 수도 있겠다 싶다. 그리하여 최유한 박사는 그가 지금껏 보지 못한 사람이며, 앞으로도 쉽게 보지 못할 특별한 유형의 사람이리라. 적어도 그와는 사뭇 다른 이종(異種)의 사람임에 분명하리라.

간절(懇切)

"내가 박사님을 살려주겠다고 하면 그 말을 믿을 수 있겠습니까?"

김강한이 불쑥 꺼낸 그 말에 대해서 최유한 박사가 여전히 차분한 투로 받는다.

"다른 선택의 여지가 없지 않습니까? 설령 당신의 말이 거짓일지라도 나는 그것이 거짓인 줄도 모르고 죽겠지요. 그러니 나는 당신이 내게 마지막 희망을 주는 것만으로도 감사하고 무조건 당신을 믿겠습니다."

김강한이 가볍게 고개를 끄덕인 뒤 담담한 투로 다시 말을 잇는다.

"좋습니다. 그럼 몇 가지 얘기를 하겠습니다. 먼저 박사님과는 달리 난 무슨 신념이랄 것도 없고 조국이니 하는 것에도 별로 관심이 없습니다. 소위 속물이죠. 내가 굳이 관심을 갖는다면 그것은 박사님을 살려줌으로써 내가 어떤 이익을 볼 수 있는지 하는 정도일 겁니다. 사실 이런 상황에서 박사님을 살리는 일이 결코 쉬운 일은 아니지 않겠습니까? 더욱이 박사님이 죽는 모습을 직접 확인하고 싶어 하는 눈들까지 있는 마당에 말입니다. 이제쯤에는 짐작하고 계시겠죠? 우리와 함께 온 저들 셋에다가 미국 국가 비밀 정보국의 요원들도 분명 지금 어딘가에서 우리를 지켜보고 있을 거라는 것에 대해?"

"음……!"

최유한 박사가 깊은 탄식을 뱉는데, 그것에서는 새삼스러운 절망이 묻어나는 듯하다. 그리고 잠시간 스스로를 추스른 끝에 다시 차분한 얼굴이 된 그가 담담한 투로 말을 꺼낸다.

"당신은 내게서 어떤 이익을 보기를 바랍니까?"

김강한이 가볍게 고개를 가로저으며 반문한다.

"박사님은 내게 어떤 이익을 줄 수 있습니까?"

최유한 박사가 잠시 생각을 정리하는 기색이다가 나직이 대답을 낸다.

"지금 이런 상황에서 내가 무엇을 가리겠소? 정말로 당신 덕에 내가 살 수 있다면 나의 모든 능력을 당신이 원하는 일에 우선적으로 쓰겠소."

이어 최유한 박사는 문득 단호한 얼굴이 되며 덧붙인다.

"단, 그 일은 조국의 발전에 해(害)가 되지 않아야 합니다. 나아가 세상의 평화에 반하는 일이 아니어야 합니다."

그런 최유한 박사에게서 김강한은 다시금 이종(異種)의 생소함과 함께 어떤 간절함까지를 본다. 최후의 순간까지 자신이 가진 최소한의 가치관과 신념만큼은 결단코 지키겠다는 간절함.

날 살려준다고 하지 않았습니까?

"당신 이름이 뭡니까?"

불쑥한 최유한 박사의 그 물음이 뜬금없기도 해서 김강한이,

"조태강."

하고 대답했다가는 다시,

"아니, 김강한."

하고 고쳐서 대답한다.

"김강한⋯⋯."

나직이 되뇌는 최유한 박사를 보면서 김강한은 씁쓸한 실소를 베어 문다. 어차피 별 상관이야 없는 일이지만, 그래도 순간의 감상으로 진짜 이름까지 말했다는 데 대해서다. 그런 것은 역시 최유한 박사가 풍기는 이종의 생소함과 간절함 때문이었을까?

"이 위로 올라가십시오."

김강한이 짐짓 단호한 투가 된다. 목책을 이루는 삼단의 가로 버팀목 중 가운데의 것을 가리키며 하는 말이다. 최유한 박사의 눈빛이 크게 흔들린다.

"거긴 왜⋯⋯? 설마⋯ 지금 나더러 절벽에서 뛰어내리라는 겁니까?"

최유한 박사의 목소리가 부르르 떨려 나온다. 김강한이 담담하게 고개를 끄덕여 수긍한다.

"내가 받은 명령은 박사님을 자살로 처리하라는 겁니다. 그러기 위해서는 인위적으로 보일 만한 어떤 외상이나 흔적도 남기지 않아야 하고, 또한 지금 이곳으로 집중되어 있는 시선들에게 박사님의 죽음을 확실하게 보여줄 수 있다는 점에서도 이 방법이 최선입니다."

"하지만⋯ 날 살려준다고 하지 않았습니까?"

김강한이 차분하게 반문한다.

"무조건 날 믿는다고 하지 않았습니까? 그런데 벌써 그 믿음이 흔들리는 겁니까?"

"그렇지만… 이 절벽에서 뛰어내리고서야 어떻게 살 수가 있다는 말입니까?"

김강한이 차분한 중에 한 가닥의 담담한 미소를 떠올린다.

그냥 마술쯤으로 여기세요

"이런 말 들어봤습니까? 필사즉생(必死卽生), 필생즉사(必生卽死)!"

김강한이 불쑥 묻는 말에 최유한 박사가 반신반의의 기색으로 대답한다.

"그건… 이순신 장군의 말씀 아닙니까?"

"죽고자 하면 살 것이고, 살고자 하면 죽을 것이다. 이 말속에 박사님의 살길이 있습니다. 즉 살기 위해서는 먼저 죽는 수밖에 없다는 겁니다."

"아무리 그래도… 최소한의 설명이라도……."

그런데 그때다.

"어엇!"

최유한 박사가 갑자기 놀란 외침을 토해낸다. 그의 몸이 허공으로 불쑥 떠오른 때문이다.

"섯."

김강한이 곧바로 경고를 하고 다시 나직하게 주의를 준다.

"조용히 하세요. 지켜보는 눈들이 있다고 하지 않았습니까?"

최유한 박사가 얼른 스스로의 입을 틀어막는 시늉을 하고는 자신의 발밑을 본다.

그의 두 발이 허공 이십 센티미터쯤에 떠 있다. 그가 한껏 낮춘 목소리로 다시금 경악을 토해낸다.

"이게 어떻게… 도대체 어떻게 한 겁니까?"

김강한이 가볍게 실소하며 받는다.

"설명하기 어려우니 그냥 마술쯤으로 여기세요. 어쨌든 이게 바로 내가 박사님을 살릴 방법입니다."

잠깐만! 난 크리스천이오!

김강한이 최유한 박사를 떠받치고 있는 외단을 거두자 그의 몸이 천천히 바닥으로 내려선다. 순간 휘청하는 그에게 김강한이 채근한다.

"더 이상 시간을 끌다가는 기다리다 지친 구경꾼들이 들이닥칠 수도 있습니다."

"아, 알았소."

최유한 박사가 마지못해 대답하고는 한쪽 발을 목책의 가로 버팀목 위로 올려놓으려는데, 온몸을 덜덜 떠는 모습이 애처롭다. 그리고 겨우 가로 버팀목 위로 올라서더니 상체를 기울여 아래를 내려다보고는 흠칫 전율하며 얼른 다시 바닥으로 내려서고 만다. 까마득한 절벽 아래서 하얗게 일어나는 포말을 본 것이리라. 그리하여 최후의 순간까지 자신이 가진 최소한의 가치관과 신념만큼은 지키겠다는 간절함에도 불구하고 도저히 감당할 수 없는 공포에 생존의 본능이 작동하고 만 것이리라.

"잠깐! 잠깐만! 난 크리스천이오! 마지막으로 기도를⋯⋯!"

절박한 호소다.

이어 두 손을 모으는 최유한 박사의 모습에 김강한은 쓴웃음을 짓고 만다.

추락

부아아앙!

터져 나갈 듯이 격렬한 엔진 굉음이 급박하게 가까워진다.

끼이이익!

그리고 지면을 찢을 듯한 타이어 마찰음이 울린다. 전속력으로 달려와 급정지를 하는 검은색의 중형 세단이 내는 소음이다. 이어 세단에서는 거구의 사내 셋이 뛰어내리며 날카롭게 외친다.

설핏 듣기에 영어 같다. 김강한이 알아듣지는 못했지만 그 속에 담긴 날카로움과 위압감만으로도 '모두 꼼짝 마!', '멈춰!' 정도의 의미를 담고 있는 것 같다. 그리고 전력으로 김강한과 최유한 박사를 향해 달려온다.

김강한이 힐끗 최유한 박사를 돌아본다. 그 눈빛에서는 '당신이 시간을 끄는 바람에 기어코 일을 이렇게 만들지 않았소?' 하는 정도의 질책이 비친다. 그러나 막상 그다지 다급해하는 기색은 없는데, 그 순간이다. 최유한 박사가

"아아앗!"

다급한 비명인지, 절박한 기합인지 분간하기 어려운 소리를 토해내더니 목책을 짚고는 훌쩍 도약하듯이 뛰어넘는다. 그리고 동시이다시피,

탕!

타타탕!

대여섯 발의 총성이 작렬하고, 그 총격을 고스란히 당한 듯이 몇 번 몸을 움찔거리더니 최유한 박사의 몸이 곧장 절벽 아래로 떨어져 내린다. 그 뒤로,

"으아아악!"

길고 날카로운 비명 소리가 길게 끌리며 멀어진다. 마치 추락에 대한 생생하고도 적나라한 증거라도 되는 듯이.

촉발(觸發)

김강한이 천천히 몸을 돌린다. 세 명의 사내가 그를 향해
권총을 겨누고 있는데, 그 권총들이 어린아이 장난감처럼 작
아 보일 만큼 거구들이다. 그리고 금발의 양키들이다. 아니,
구체적으로 말하자면 둘은 금발이고 하나는 은발이다. 양키
인 줄은 어떻게 아느냐고? 그들이야말로 미국 국가 비밀 정보
국의 요원들일 것이기 때문이다.

어쨌거나 그들의 갑작스럽고도 저돌적인 출현에서부터 최
유한 박사에 대한 충격, 그리고 다시 그를 향해 권총을 겨누
고 있는 것까지가 김강한에게 크게 놀라울 것은 아니다. 사실
그는 넓게 확대해 둔 외단을 통해 진즉부터 그들의 기척을 감
지하고 있던 중이다.

팀장과 두 명의 팀원이 사뭇 당황스럽고도 긴장된 모습으
로 다가오고 있다.

김강한이 그들을 향해 어깨를 으쓱해 보인다. 그것이 그들
로 하여금 어떤 결정을 내리게 하는 계기가 된 걸까? 팀장과
두 팀원이 재빨리 권총을 빼 들며 양키들을 향해 겨눈다. 반
사적으로 양키들의 총구가 엇갈리는데, 한 명은 여전히 김강
한을 겨누고 있고 다른 둘은 팀장과 팀원들을 마주 겨눈다.
여차하면 서로 방아쇠를 당길 촉발의 기세다.

백 퍼센트 죽음

팀장이 빠른 투로 말을 쏟아낸다. 영어다. 상황 설명을 하는 모양인데, 김강한이 알아듣지는 못하더라도 꽤나 유창하게 들린다. 잠시 듣고 있던 양키들 중 은발이 고개를 까딱거린다. 그런 걸 보면 은발이야말로 양키들 중의 책임자인 모양이고, 또 팀장의 말에 설득 내지는 어떤 타협점을 찾은 모양새다. 이어 팀장과 은발이 먼저 권총을 거두고 뒤이어 나머지 모두가 총구를 내린다.

팀장과 은발이 나직이 얘기를 나누며 함께 목책을 넘어간다. 그러더니 목책의 난간을 잡고 절벽 끝단에 버티고 서서는 아래쪽을 세심하게 살핀다. 그런 둘의 모습은 아마도 최유한 박사의 죽음을 끝까지 확인하겠다는 것이리라.

그러나 확인하고 말고 할 게 뭐가 있겠는가? 까마득히 내려다보이는 절벽 아래쪽에는 거뭇거뭇한 암초들이 깨진 유리 조각들처럼 삐죽삐죽 솟아나 있고, 그것들 사이로는 하얗게 포말이 일어나고 있다.

절벽에서 추락한 이상 어떤 경우이든 죽음을 피할 가능성은 없어 보인다. 바다에 떨어지기도 전에 절벽의 돌출 부분에 부닥치든지, 바다에 떨어져 암초에 부닥치든지, 암초를 피한다고 해도 까마득한 높이에서 떨어져 해수면과 부닥치는 충격에 의해서이든지, 그다지 깊지 않아 보이는 수심의 바다에 직접 부닥치든지 어쨌든 백 퍼센트 죽음이다.

그것뿐인가? 최유한 박사가 절벽 아래로 추락하기 직전, 명사수 중의 명사수일 미국 특수 정보 요원들의 일제사격을 당한 만큼 그의 죽음을 의심할 여지는 더욱이 없다고 할 것이다.

속수무책

최유한 박사의 죽음을 확정 짓고도 김강한에 대해서는 끝내 불만이 남았던가? 목책을 되넘어와 김강한의 곁을 지나치던 은발이 돌연히 주먹을 날린다. 김강한의 턱을 향해서다.

퍽!

가벼운 소리와 함께 곧장 바닥으로 나뒹군 것은 오히려 은발이다. 놀라고 당황한 외침을 토해내면서 두 금발이 다시 권총을 꺼내 들며 김강한을 향해 겨눈다. 그러나 그때 이미 김강한은 물 흐르듯이 미끄러지며 그 둘의 가운데로 파고드는 중이다.

타닥!

두 자루의 권총이 금발들의 손을 떠나 허공으로 튕겨 오르고, 한 놈의 관자놀이에는 주먹이, 다른 한 놈의 명치에는 팔꿈치가 틀어박히는 광경이 한 편의 파노라마처럼 펼쳐진다. 이어 놈들은 비명도 제대로 지르지 못하고 바닥으로 고꾸라진다.

그야말로 속수무책이다.

속수무책인 것은 팀장과 두 명의 팀원도 마찬가지다. 그들 역시 어떤 조치를 취할 엄두는 내보지도 못한 채로 눈만 크게 뜨고 지켜볼 뿐이다.

미국 국가 비밀 정보국의 정예 요원들이다. 동종의 분야에서 일하는 입장에서 저들이 얼마나 특별하고도 철저한 훈련으로 단련된 자들인지를 누구보다 잘 안다고 할 것이다. 그런데 그런 자들이 지금 마치 장난처럼 너무도 간단하고 손쉽게 총기를 빼앗기고 고꾸라지는 광경은 차라리 당황스럽다.

배가(倍加)의 공포

탕!

단발의 총성과 함께,

"프리즈!"

하는 외침이 들린다.

김강한의 등 뒤에서 은발이 권총을 겨누고 있다. 김강한이 놀라기보다는 설핏 의외이다 싶다. 그의 일격에 관자놀이를 정타로 당하고 뻗은 것치고는 생각보다 회복이 빠른 것에 대해서다.

김강한이 가볍게 미간을 좁히고는 천천히 돌아서는데, 은발이 날카롭고도 단호한 투로 뭐라고 다시 외친다. 함부로 움직이면 곧바로 몸에다 바람구멍을 뚫어주겠다는 것쯤이리라. 그러거나 말거나 그가 사뭇 느긋하게 한 발을 앞으로 내디딘다.

그리고 다음 순간, 그의 몸이 낭창거리는 회초리처럼 급하게 좌측으로 휘어지며 곧장 쏘아져 나간다. 은발의 총구가 재빨리 그를 쫓아가는데, 다시 찰나의 순간 그의 몸이 우측으로 급격하게 방향을 전환했고, 그런가 싶더니 다시금 방향을 틀며 사선 방향에서 은발을 향해 짓쳐든다.

탕!

공기를 찢는 또 한 발의 총성이 울린다. 그러나 어느 틈에 은발에게로 접근한 김강한은 그의 총 든 오른손을 제압하며 등 뒤로 꺾는다. 은발의 손을 벗어난 권총이 바닥으로 떨어질 때다.

탕!

다시 한 발의 총성이 울린다. 동시에 김강한은 오른쪽 옆구리 쪽에 강한 충격을 받는다. 은발의 제압되지 않은 왼손에 또 한 자루의 권총이 들려 있다. 보통의 권총보다는 훨씬 작은 미니 권총인데, 아마도 비상용으로 몸 어딘가에 숨겨둔 모양이다.

탕!

미니 권총이 다시 한 발의 총성을 토해낸다. 그러나 이번의 탄환은 김강한의 몸을 맞추지 못하고 빗나가며 '티잉!' 하고 바닥의 돌멩이를 맞고는 사선 방향으로 튕겨 나간다. 김강한이 은발의 오른팔을 완전히 꺾어버리면서 총구의 방향이 틀어진 때문이다.

우두둑!

뼈마디 이탈되는 소리와 함께 은발의 오른팔이 꺾여서는 안 되는 각도로 돌아가고 만다.

"윽!"

은발이 뒤늦게 억눌린 비명을 토해낸다. 그러면서도 그는 악착같이 왼손 권총의 총구를 다시 김강한의 몸을 향해 들어 올린다. 그러나 그런 악착은 김강한이 간단히 그의 왼팔마저 등 뒤로 꺾어 돌림으로써 무산되고 만다. 왼손의 미니 권총이 바닥으로 떨어지고, 김강한이 바닥의 두 자루 권총을 발로 차서 멀리 치운다.

김강한이 느릿하게 은발의 왼팔을 계속 꺾어 올리는데, 그의 무심한 얼굴 표정에서는 그가 조금의 망설임도 없이 은발의 왼팔마저 기어코 분질러 놓고 말리라는 잔인성이 여실히 드러난다.

우둑!

뼈마디 이탈되는 소리가 시작된다. 그리고 은발의 표정에 그제야 공포가 서린다. 방금 겪은 오른팔이 부러지는 처절한 고통을 다시금 겪게 되는 데 대한 배가된 공포이리라.

그딴 거

"멈춰!"

다급하게 외친 것은 팀장이다. 이어 달려온 그가 김강한의 팔을 붙잡는다. 김강한이 설핏 인상을 찡그리긴 했으나 굳이 뿌리치지까지는 않는데, 팀장이 숫제 사정하는 투로 말한다.

"그만하시오! 여기서 일이 더 크게 벌어졌다가는 미국 쪽과 심각한 외교 문제로 비화가 돼요! 국익을 생각해서라도 제발 진정 좀 합시다!"

그러나 김강한이,

"국익?"

짧게 반문하고는 설핏 입꼬리를 비틀었다가 풀며 덧붙인다.

"그게 뭐 하는 데 쓰이는 겁니까? 국가가 필요할 때만 내세우고 국민이 필요할 땐 몰라라 하는 그딴 거, 내가 알 게 뭡니까?"

최유한 박사가 생각나서 하는 말이다.

그런데 김강한이 말은 그렇게 퉁명스럽게 뱉었지만, 한편으로는 팀장의 말에 어느 정도 설득당하는 기분이 된다. 최유한 박사 때문에라도. 그로서는 공감하기 어렵더라도 최유한 박사가 보여준 조국에 대한 진심과 열의, 나아가 신념 같은 것 때문에라도 말이다.

어디 남의 나라에 와가지고

"통역 좀 부탁합시다."

김강한이 슬쩍 팀장을 떼어내며 하는 말이다. 그리고 팀장이 당황스러움을 추스르기도 전에 그가 은발의 옆얼굴에다 대고 뱉는다.

"이봐, 어디 남의 나라에 와가지고 함부로 총질을 해대고 지랄이야?"

김강한이 이어 고갯짓으로 재촉하는 터라 팀장이 마지못해 영어로 통역을 한다. 물론 그 통역이 그가 전하고자 한 본래의 의미에서 사뭇 완화가 되었으리라는 것은 김강한이 어렵지 않게 짐작을 해볼 수 있다. 고통으로 일그러진 표정 중에도 여전히 깊숙한 분노가 타오르고 있는 은발의 두 눈만으로도.

그러나 그런 데 대해서는 굳이 따져보지 않고 김강한이 차갑게 덧붙인다.

"경고하는데, 한 번만 더 나대면 아주 평생 누워서 지내도록 만들어준다?"

그 말에 대해서는 팀장이 제대로 번역을 했는지, 아니면 김강한의 무심한 눈빛에 서린 차가움 때문이었는지 은발이 노려보던 시선을 슬쩍 아래로 떨어뜨린다.

악수(握手)의 의미

"I'm Jo! What's your name?"

꺾고 있던 은발의 왼팔을 풀어주며 김강한이 짧은 영어나마 직접 묻는 말이다. 은발이 떨떠름한 기색이더니 짧은 대답을 툭 뱉어낸다.

"Henry!"

김강한이 오른손을 내밀다가는 다시 왼손으로 바꾸어 내민다. 분질러져 어깨에 매달린 채로 덜렁거리는 오른팔에다 악수를 청할 수는 없는 노릇이다.

은발, 헨리가 마지못해 내미는 왼손을 김강한이 가볍게 잡고 두어 번쯤 흔들어주고는 이어 팀장을 향해 어깨를 으쓱해 보인다.

'남자들끼리 서로 한 마디씩 주고받았고 악수까지 했으면 그걸로 된 거 아니냐. 적어도 미국 쪽과 심각한 외교 문제로 비화가 되느니 또 국익에 문제가 생기느니 하는 상황 같은 건 이제 걱정 안 해도 되지 않겠느냐.'

그런 의미쯤이다. 팀장의 미간에 두어 가닥의 깊은 세로 주름이 만들어진다.

필요한 것은 다만 결과이지 과정은 아니다

팀장과 헨리는 한참이나 저마다의 휴대폰을 붙잡고 있는 중이다. 각자의 윗선에 긴급한 상황 보고를 하는 것이리라.

그런데 헨리가 멀찍이 혼자 떨어져서 심각한 분위기로 통화하고 있는 데 비해 팀장은 굳이 김강한의 곁에 붙어 서서 통화하고 있다.

팀장은 자초지종을 일목요연하게 설명해 나가면서 비록 다소간의 예상치 못한 상황이 발생하긴 했으나 어쨌든 주어진 임무를 완수했음을 보고한다. 그리고 특히 최유한 박사를 처리하는 마지막 순간을 미국 국가 비밀 정보국 요원들이 직접 지켜봤다는 점을 강조한다.

각자의 통화를 끝낸 팀장과 헨리는 그대로 침묵 모드로 들어간다. 상부의 지침을 기다리는 것이리라. 이윽고 팀장의 휴대폰에 진동이 울린다. 팀장이 통화 버튼을 누르자, 휴대폰 저편에서 대뜸 쏟아내는 질책이 김강한의 귀에까지 들린다. 그런 것은 어쩌면 여전히 그의 곁에 가까이 붙어 서 있는 팀장이 의도하는 바인지도 모르겠다.

어쨌거나 저편에서 질책하는 맥락으로 보건대 총격까지 오간 양측의 충돌을 두고 양쪽 윗선들 간에 이미 치열한 공방이 있었던 모양이다.

사실은 공방이라기보다는 팀장의 윗선이 일방적인 수세에 몰릴 수밖에 없었으리라. 충돌의 원인이 결국은 SP팀, 보다 정확하게는 김강한의 파행에 의한 것이라고 할 수밖에 없으니 말이다. 그리하여 난감해진 팀장의 윗선으로서는 사과성의 유감 표시와 함께 파행의 당사자에 대한 엄중 징계를 약속하고 나서야 겨우 사태를 봉합한 것 같다.

그러거나 말거나 김강한은 그것이 자신과는 무관한 일로 간단히 치부한다. 최중건과의 거래에 있어서 그에게 필요한 것은 다만 결과이지 과정은 아닌 것이다.

어쨌든 그는 거래를 충실히 이행했으니 그것으로 된 것이다.

조용히 손가락을 들어주다

통화를 끝낸 헨리의 기세가 확연히 살아난다. 팀장에게로 온 그가 뭐라고 빠르게 한바탕 말을 쏟아내는데 사뭇 신랄한 어투다. 또한 팀장이 한마디 대꾸도 없이 묵묵히 듣고만 있는 모습에서 역시 좀 전에 팀장이 윗선으로부터 들은 질책과 같은 맥락이리라.

그런데 헨리가 말을 쏟아내는 중에 김강한 쪽을 힐끗거리는 모양새에서는 자신의 말이 김강한에게도 그대로 전달되었으면 하고 바라는 눈치가 여실하다. 그러나 팀장은 꼿꼿한 모습으로 그저 듣고만 있다. 그렇더라도 헨리가 김강한에 대해서는 여전한 공포를 느끼는지 팀장에게 감히 노골적으로 통역할 것을 요구하지는 못하는 것으로 보인다.

어쨌든 한바탕 일방적으로 말을 쏟아내더니 헨리가 두 금발을 재촉해서는 자신들이 타고 온 예의 그 검은색의 중형 세단에 오른다.

부아앙!

마지막으로 한 번 더 위세를 부리는 것인지 세단의 엔진이 요란스러운 공회전을 해댄다.

그런 중에 조수석의 차창이 열리며 헨리가 머리를 내민다. 그리고 뭐라고 빠르게 외치는데, 역시나 알아들을 수는 없더라도 그 느낌과 분위기만으로도 김강한이 대충의 뜻은 짐작해 볼 수 있다.

'두고 보자! 다음에 만나면 반드시 죽여 버리겠다!' 따위의 독설이지 않을까? 김강한이 슬쩍 노려보는 체를 하는데,

순간,

부아아앙!

폭발적인 엔진 소리와 함께,

끼이이익!

타이어가 지면을 박차는 요란스러운 소음을 동반하며 세단이 급출발을 한다. 그런 중에도 헨리는 여전히 차창 밖으로 고개를 내민 채로 뒤를 향해 뭐라고 소리를 질러대고 있다.

그런 녀석을 향해 김강한이 조용히 가운데 손가락을 들어
준다.

그리고 입 모양도 선명하게 뱉어준다. 짧은 영어나마.

"Fuck you!"

제5장
—
임무

국가 원로 회의

국가 원로 회의는 국가 공권력의 공식적인 측면만으로는 해결이 불가능한 국가 비상 상황에 대처하기 위한 목적으로 결성되었다. 그럼으로써 그 존재 자체가 철저히 극비인 비공식적 기구이다.

국가 원로 회의는 총 3인으로 구성된다. 전기(前期)와 전전기(前前期) 대통령이 지명하는 각 1인, 그리고 현직 대통령이 지명하는 1인이다. 그중 현직 대통령이 지명한 자가 당연직으로 당기(當期)의 의장이 된다. 결국 그들 3인은 각각 당기와 이전 2대 정권의 최고 실세이다. 설령 여야가 뒤바뀌는 정권 체인지가 있는 경우라고 할지라도 여전히 막대한 영향력을 행사할 수 있는 인물들이다. 더욱이 현직 대통령의 전폭적인 신뢰와 비호가 있음에야. 그들이 포괄적으로 행사할 수 있는 권한은 어쩌면 대통령의 그것을 능가하는 측면도 있는, 말 그대로의 특권이라고 할 수 있겠다.

국가 원로 회의의 현 의장은 최중건이다. 그는 이전 몇 기(期)의 정권에서 안기부장, 검찰총장 등의 요직을 두루 거친 인물이다. 더하여 현 정권에서도 대통령의 초대 비서실장을 지낸 바 있다. 그리하여 역대 정권을 통틀어서도 최고의 실세 권력으로 회자된다. 그러나 외아들이 범죄 사건에 휘말려 돌연히 횡사하는 참변이 벌어지자 그 충격과 슬픔을 추스를 겸, 또 혹시라도 정권에 누를 끼치게 될 것을 우려하여 비서실장직에서 스스로 물러난다. 대통령은 그의 사표를 수리하는 대신에 그를 국가 원로 회의의 의장으로 지명한다.

두 가지의 방식

국가 원로 회의의 미션이 결정되는 방식은 두 가지다.

첫 번째는 현직 대통령이 직접 미션을 부여하는 경우이다. 그러나 이 경우라고 하더라도 그 임무의 실제 실행을 위해서는 원로 회의의 구성원 3인 중 2인 이상의 동의를 얻어야만 한다.

두 번째는 3인 회의에서 국가 안위를 지키기 위해 긴급하고도 절대적으로 필요하다고 자체적으로 판단하는 경우이다. 이 경우에는 먼저 구성원 3인의 만장일치가 필요하며, 이후 다시 대통령의 승인이 필요하다.

심각한 우려(憂慮)

백인호. 대한민국의 현(現) 대통령이다.

그는 야당의 대권주자 시절부터 국민과의 소통을 가장 중요한 덕목으로 내세웠다. 그리고 대통령에 당선된 다음에도 역대의 어느 대통령에게서도 볼 수 없던 적극성으로 국민에게 가까이 다가가려는 노력을 기울이고 있다. 그런 점은 민심의 호평을 받고 있다. 그러나 때때로 지나친 적극성으로 최측근조차 미처 예측하지 못하는 파격과 돌발성을 보이기 때문에 대통령을 경호하는 입장에서는 그야말로 재앙적인 비상사태를 겪곤 한다.

대통령의 안위에 문제가 생긴다는 것은 곧바로 국가비상사태가 발호된다는 것을 의미한다. 따라서 국가 원로 회의에서도 몇 차례나 심각한 우려를 제기한 바가 있다. 그러나 국가원로 회의의 의장이자 백인호 대통령의 최고 신임을 받는 최중건이 직접적으로 우려를 표시하고 자제를 건의했음에도 대통령의 입장은 단호하기까지 하다. 국민에게 최대한 가까이 다가간다는 것은 자신이 표방하는 정치적 신념의 기본을 이루는 행위라는 입장이다. 그리하여 설령 그것에 어떠한 위험이 동반된다고 하더라도 신념을 포기할 수는 없다는 주장이다.

VSGO(VIP Security Guard One)

'대통령을 자제시키지 못하는 이상 경호에 특단의 대책이 필요하다!'

국가 원로 회의의 3인이 숙고한 결론이다. 구체적으로는 특수 상황에서의 대통령의 경호를 위해 현재의 경호 조직인 대통령 경호실을 보완할 수 있는 비밀 경호 수단이 추가로 필요하다는 내용이다.

그러나 별도의 비밀 경호 조직을 신설하는 것은 자칫 옥상옥의 폐단으로 치부될 소지가 다분하여 만약에 그 존재가 불거지기라도 한다면 야당의 신랄한 정치 공세에 직면하게 될 것이 확연하다.

그리하여 그 비밀 경호 수단은 국가 원로 회의가 직접 관할하면서 대통령 이외에는 대통령 경호실을 포함해 누구도 그 존재를 모르는, 그야말로 절대 비밀에 부쳐져야만 할 것이다. 그러자면 수단의 최소화가 필수적이다. 그렇게 해서 대두된 개념이 VSGO(VIP Security Guard One)이다.

VSGO는 대통령의 최근접(最近接) 위치에서 단독으로 비밀 경호를 수행하는 비밀 경호원이다. 즉 VSGO가 필요하다고 판단되는 특수 상황에서 대통령을 밀착 수행하는 위치에 투입되며, 만약의 위급 상황이 발생했을 때는 그 단독의 역량으로 능히 대통령을 지켜낼 수 있는 특별 그 이상의 능력을 지닌 1인 경호원의 개념이다.

절대적으로 필요한 것

최중건이 VSGO를 주창한 것은 사실 조상태를 염두에 두고서다. 조상태의 놀랍고도 특별한 능력이야말로 VSGO에 가장 적임(適任)이라고 하겠다.

그러나 능력에 앞서 우선 중요한 것은 인성과 품성이다. 그것에 대해서 확신을 가지지 못하는 상태에서 조상태를 선택할 수는 없다.

더욱이 조상태의 개인적인 내력은 투명하게 드러난 게 없을 뿐더러 표면적으로 드러난 이력만을 보자면 오히려 사회적 가치관이나 윤리관의 측면에서 도저히 신뢰하기 어려운 인물로 평가해야만 한다.

그리고 VSGO의 임무를 맡기기 위해서 무엇보다 중요한 덕목은 투철한 사명감과 충성심이다. 보다 구체적으로는 어떤

가치관이나 윤리관도 뛰어넘는, 명령자에 대한 절대적인 복종
이다.

세뇌(洗腦)

세뇌에는 통상 큰 이념과 신념이 동원된다. 예를 들면 종교
적 교리나 신조, 정치적 이데올로기, 국가에 대한 충성과 민족
에 대한 희생, 헌신 같은 것들이다.

그러한 이념과 신념에는 마치 전염과도 같은 성향이 있다.
평상시에는 그런 것들에 대해 별로 관심이 없다고 스스로 생
각했더라도 일단 그런 것들과 가까이 접하는 것만으로도 자
신도 모르게 영향을 받게 되는 것이다.

거기에 지속적인 세뇌 과정이 더해진다면 이윽고 절대적이
고도 무조건적인 복종과 충성심을 이끌어낼 수 있다.

그런 세뇌는 통상 교육이라는 이름으로 시작된다.

삼청 교육대

김강한은 국가정보 대학원에 입소한다. 국정원 내부 교육과
정으로, 원래는 국정원 신입 직원의 입문 교육과 승진자 보수
교육, 그리고 고위 간부들을 대상으로 하는 안보 관리 프로그
램 등을 운영하는 곳이다. 그러나 정권 교체기 등에는 전(前) 정

권에 부역했다는 죄목으로 살생부에 올라온 직원들에게 혹독한 정신교육을 하는 역할이 더해지기도 한다. 그래서 불명예스러운 별명으로 불리기도 한다. 바로 삼청 교육대다.

강의와 강의, 교육에 또 교육이 이어진다. 국가관, 국가에 대한 절대 충성, 상명하복, 윤리강령, 정보 수집과 분석, 국내 동향 정보, 북한 동향 정보, 해외 동향 정보, 대테러 및 국제범죄 조직 정보, 대공 방첩, 산업 보안 등 도무지 끝이 없을 듯하다.

그는 자고 또 잔다. 그러느라 막상 무슨 강의를 들었는지, 무슨 교육을 받았는지 생각도 잘 나지 않는다. 그러나 어쨌든 별다른 문제를 일으키지 않고 교육과정을 무사히 수료한다. 그 스스로 생각하기에도 참 용한 일이다.

최소한의 검증

국가정보 대학원 입소 교육으로 조상태에 대한 최소한의 세뇌 과정은 끝났다.

그러나 그 효과가 어느 정도는 분명히 있을 테지만, 그 '어느 정도'가 정말로 어느 정도인지에 대해서는 다시 최소한의 검증이 필요했다.

CYH건으로 상황이 발생한 것은 바로 그즈음이다. 곧장 미션 수행을 위한 SP팀이 구성되었다.

국가 원로 회의는 통상 비공식적인 형태로 국가 공권력을 활용하여 대부분의 현안을 처리한다. 그러나 사안의 특수성에 따라서는 정보기관과 군경의 특수 요원 중에서 엄격하게 검증된 소수의 정예를 극비리에 차출하여 임무 수행 조직을 구성하고, 직할로 운영하는 경우도 있다. SP팀도 그런 경우이다.

최중건은 조상태를 낙하산으로 SP팀에 투입시켰다. 그리고 필요한 최소한의 검증을 거쳤다.

경복호

김강한은 부산행 경복호 열차에 타고 있다. 경복호는 대통령 전용 열차이다.

김강한이 청와대로 들어온 지는 이제 겨우 열흘 남짓에 불과하다. 그러나 대통령의 근접 거리에 위치한다는 공통점으로 경호실 소속의 선임 경호 요원인 오재영과는 벌써 제법 친분을 쌓았다.

오재영에게 얻어들은 얘기로는 역대 대통령들의 경복호 이용 빈도는 아주 낮은 편이라고 한다. 열차의 특성상 정해진 노선과 궤도에 따라서만 움직이는 까닭에 경호에 가장 취약하기 때문이란다. 따라서 기상 악화 등으로 다른 이동 수단을 이용하기 어려울 때와 같은 경우가 아니라면 잘 이용되지 않는다고 한다.

그런데 현직 대통령인 백인호 대통령은 유난히 전용 열차를 애용하는 편이라고 한다. 일전에 경호실 간부들과의 간담회에서 누군가 그 점에 대해 가볍게 언급했더니 대통령은 유소년 시절 열차에 대한 좋은 추억이 많아서 그런가 보다고 웃으며 말했다고 한다.

가짜

김강한은 얼른 자리에서 일어난다. 건너편 두 칸 앞쪽 자리에 있는 대통령으로부터의 호출이다.

"이번에 특별히 연설이 잡힌 것도 아닌데 자네가 굳이 함께 갈 필요가 있었나?"

굳이 자신의 옆자리에 앉히고 대통령이 짐짓 낮은 톤으로 건네는 말이다.

김강한이 설핏 당황스럽다. 본의이든 아니든 어쨌든 대통령의 연설문 기안과 기록을 담당하는 행정관 신분으로 대통령을 수행하고 있는 입장에서는 입맛이 씁쓰름하기도 하다.

그러나 대통령의 말에는 오류가 좀 있다. 대통령은 지금 부산 국제영화제에 가는 중이다. 그리고 연설은 아니더라도 영화 한 편을 관람한 후 그 영화의 감독 및 남녀 주연배우와 함께 관객과의 대화 시간을 갖는 스케줄이 있고, 그런 중에 잠간 관객들 앞에서 얘기하는 순서도 예정되어 있다. 연설문 기안 담당 행정관이 할 역할이 있다는 뜻이다. 물론 그때 대통령이 얘기할 내용은 이미 작성되어서 대통령에게 건네져 있다. 진짜 연설문 기안 담당 행정관에 의해서.

그는 가짜다. 그러나 가짜라고 해서 무슨 사기를 쳐서 청와대에 들어온 건 아니다. 청와대가 그리 호락호락한 곳도 아니고 말이다. 다만 연설문 기안과 기록을 담당하는 것이 그가 맡은 진짜 임무가 아니란 것이다.

그의 진짜 임무는 대통령의 지근(至近)을 지키는 일이다. 즉 순수 사생활 등 대통령이 딱히 지정하여 거부하는 상황을 제외하고는 언제 어떤 상황일지라도 대통령을 중심으로 반경 십 미터를 벗어나지 않는 게 그의 임무다. 물론 경호를 위해서다.

그가 국가 원로 회의에서 파견한 비밀 경호 요원이란 사실은 대통령도 당연히 알고 있다. 그러면서도 지난 열흘여 간 대통령은 그에 대해 은연중 탐탁지 않아 하는 기색을 내비치기도 했다. 국가 원로 회의의 우려와 건의에 대해 누차 사양했음에도 그들이 기어코 고집을 부려 성가신 일을 만든 데 대한 불만의 표시일 수도 있겠다.

그러나 그런 불만을 그에게까지 드러낼 것은 아니지 않겠는가? 그야 기껏 지시를 받는 입장에 불과한 처지인데 말이다. 더욱이 한 나라를 대표하고 통치하는 대통령이 되어서 속 좁게 말이다. 그런 마음 때문이었을 것이다.

"저도 굳이 이 일정에 끼고 싶지는 않았습니다. 그러나 저 하고 싶은 대로 할 수 있는 처지가 아니라서……"

하고 그가 나직하게 대답한 것은. 대통령의 입꼬리가 설핏 일그러진다. 그런 말은 일개 행정관이 대통령에게 감히 할 수 있는 말이 아닌 것이다. 그러나 다음 순간 대통령의 일그러진 입꼬리가 슬며시 풀리며 빙그레한 웃음기로 번진다.

"재미있는 친구로군. 자네 이름이 뭐라고 했더라?"

그러나 대통령의 미소 띤 물음에 김강한은 웃지 않는 얼굴로 담담하게 대답한다.

"조태강입니다."

10:00 AM

부산의 한 극장. 영화제에 출품된 영화를 관람하기 위해 기다리고 있던 관객들 사이에서 갑자기 작은 소란이 일더니 이내 환호로 이어진다. 입구를 통해 입장하고 있는 일단의 사람들 때문이다. 바로 대통령 일행이다.

대통령의 깜짝 방문을 전혀 예상하지 못한 관객들이 환호성을 터뜨리고 여기저기에서 휴대전화의 플래시가 번쩍인다. 대통령이 지나는 통로 주위의 일부 관객은 자리에서 일어나 악수를 청하기도 한다. 대통령은 관객들의 환대에 손을 들어 답하고 악수를 청하는 관객들에 대해서도 일일이 손을 잡아준다.

대통령의 그런 모습은 관객들의 SNS를 통해 실시간으로 퍼져 나간다.

11:40 AM

영화가 끝난 뒤 영화에 출연한 배우 및 감독과 함께 무대 위로 오른 대통령은 영화를 감상한 소감을 얘기하고 관객과의 대화 시간도 갖는다. 그리고 다음 일정으로 예정된 영화제 관계자들과의 오찬 및 간담회에 참석하기 위해 자리를 옮기려 할 때다. 영화의 주연과 조연을 맡은 여배우들이 대통령과 함께 기념 셀카 찍기를 청한다. 비서실장이 시간이 촉박하다고 주지시키지만, 대통령은 아름답고 매혹적인 여배우들의 요청을 차마 거절하지 못한다. 그 바람에 시간이 꽤 지연된다.

김강한은 대통령의 바로 곁을 지키는 덕분으로 기대하지 않은 눈의 호사를 누린다. 브라운관과 스크린으로만 본 여배우들이다. 아름답고 매혹적이며 섹시하다. 그녀들의 온몸에서는 눈부신 광채가 나는 듯하다. 특히나 그 파격적인 의상이라니. 가슴골이 선명하게 드러나 보이고 투실한 젖가슴의 윤곽까지 절반쯤이나 노출된 파격적인 옷차림에 그는 차마 똑바로 시선을 주지 못한다.

그러나 그가 마음을 뺏길 정도인 건 아니다. 그녀들처럼 스타도 아니고, 눈부신 광채도 나지 않고, 파격적인 노출을 즐기지도 않지만, 그럼에도 가장 아름답고 사랑스러워서 볼 때마다 그를 가슴 떨리게 만드는 여자가 있기 때문이다. 그와 만리장성을 쌓고 또 쌓은 여자.

12:10 PM

대통령이 영화관에서 나왔을 때는 예정된 시간 계획에서 이미 10분이나 늦어지고 있다. 그런데 대기하고 있는 경호 차량들을 향해 대통령 일행이 걸음을 서둘 때다.

"와아아!"

커다란 환호성이 터져 나온다. 영화관 주변 일대에 수많은 시민들이 몰려 있다가 대통령의 모습이 보이자 일제히 질러내는 환호성이다. SNS 등을 통해 대통령이 왔다는 소식을 접하고 몰려든 것이리라.

대통령이 막 전용 방탄 차량에 탑승하려다가 돌연 뒤돌아서며 시민들에게로 다가간다. 시민들의 환호를 차마 못 본 체하지는 못하겠다는 모양새다.

"와아아아!"

시민들의 환호 소리가 커진다.

경호 요원들은 죽을 맛이다. 대통령이 미리 정해진 동선을 돌발적으로 벗어나고 있는 것이다. 그것은 곧 경호상의 비상 사태를 의미한다. 동선 부근의 주요 지점을 미리 장악해서 심어둔 감시원과 저격수를 위시한, 소위 고정 경호가 한순간에 무용지물로 화하는 순간인 것이다. 초긴장한 경호 요원들이 일제히 대통령의 수정 동선을 따라 흩어지며 주변 사방에 대한 비상경계에 들어간다.

그러나 시민들이 요청하는 악수를 받아주고 셀카를 함께 찍는 대통령의 모습은 경호 요원들의 비상사태와는 무관하게 여유롭기만 하다. 하긴 그런 것이야말로 대통령의 정치적 소통의 스타일이자 80%에 육박하는 국민 지지율의 비결이란 것은 이미 잘 알려진 사실이다.

사실 경호 요원들의 입장에서도 이런 일이 빈번하다 보니 취임 초에 비하면 이제쯤에는 많이 익숙해지기도 했다. 그러나 방심하여 경호 요원의 본분에서 한 치라도 벗어나는 일은 결코 용납되지 않는다. 경호 요원들의 눈이 빠르게 각자가 맡은 영역을 훑는다. 시민들의 옷차림에서 혹시 무기를 감추고 있을 가능성과 또 스치는 얼굴 표정이나 작은 움직임에서도 의심스러운 정황이 있는지를 유추해 판단하고, 여타의 가능성이나 징조에 대해서도 즉각적이고 선제적인 대응을 해야만 한다.

12:10 PM (2)

부산 시내 중심가에 위치한 L백화점 7층 식당가.

7층의 보안을 담당하는 안전 요원 이충식은 문득 긴장한다. 검은색 슈트를 걸친 사내 삼십여 명이 에스컬레이터를 타고 올라오는 중이다. 검은색 슈트를 걸친 것 자체가 딱히 이상할 건 없다. 그러나 그게 한두 사람이 아니라 무려 삼십여 명에 달하는 무리가 한꺼번에 몰려오는 광경은 충분히 이상한 데가 있다.

더욱이 7층에 올라온 그들 검은색 슈트의 무리는 미리 짜기라도 한 듯이 일고여덟 명씩 인원이 나뉜다. 그리고 각각 에스컬레이터의 올라오는 쪽과 내려가는 쪽 주변, 그리고 엘리베이터 주변과 비상계단으로 통하는 비상구 부근 등으로 흩어진다.

그런 광경을 보고서는 이충식이 더욱 수상함을 느끼지 않을 수 없다. 그러나 그는 섣불리 나서기보다는 일단 사내들의 움직임을 예의 주시하기로 한다. 비록 그가 백화점의 안전 요원이긴 하지만, 그렇더라도 가장 우선적으로 고려해야 할 것은 고객제일주의의 백화점 영업 방침이니 말이다.

12:20 PM

"대통령님, 이제는 가셔야 합니다."

뒤쪽에 바짝 붙어 서 있던 비서실장이 슬쩍 대통령의 팔을 잡아끈다. 대통령도 고개를 끄덕인다. 이미 이십 분이나 일정이 지체되고 있음을 아는 까닭이다. 그런데 그때다.

"백인호!"

"백인호!"

대통령의 이름이 연호된다. 오륙 미터 거리의 군중들 앞쪽에 모여 선 이십여 명의 아가씨들이 외치는 짜랑짜랑한 합창이다. 아마도 유니폼인 듯 밤색 블라우스에 검은색 짧은 스커트의 세련되고 산뜻한 차림도 그렇지만, 늘씬하고 예쁜 자태의 아가씨들이라 더욱이 눈에 확 뜨이는 데가 있다.

"백인호!"

"백인호!"

대통령의 시선이 향하자 연호 소리가 더욱 커진다. 대통령은 쓴웃음을 지으면서도 차마 외면하지 못하고 다시 그쪽으로 발걸음을 옮기고 만다. 대통령의 스타일상 도저히 그냥 지나칠 수 없는 상황임을 아는 비서실장도 만류하기를 지레 포기하고 그냥 대통령의 뒤를 따른다.

경호 요원들의 움직임이 다시금 바빠진다. 다만 이번 경우 경호 요원들의 입장에서 그나마 다행이라고 할 것은 그 한 무리 아가씨들의 유니폼에 국내 굴지의 대기업 마크가 붙어 있고, 또 각자의 사원증으로 보이는 것을 패용하고 있다는 것이다. 그리고 보니 인근의 빌딩에 그 대기업 계열사의 본사가 입주해 있다. 아마도 바로 가까운 곳에 대통령이 왔다는 소식에 홍보 담당 부서에서 눈치 빠르게 여직원들을 긴급 소집한 것일까? 기업 입장에서야 대통령을 환영한다는 표시를 적극적으로 해서 정권에 점수도 따고, 더불어 대통령 주변에 즐비한 방송 카메라에 자사의 유니폼이 노출되는 것만으로도 상당한 홍보 효과를 거둘 수 있을 테니 충분히 시도해 볼 만한 가치가 있기도 하겠다. 어쨌거나 그 아가씨들의 신분이 일단 확인이 된다는 것만으로도 경호하는 입장에서는 한결 안도가 되는 상황이다.

그런데 그때다. 그 이십여 명의 아가씨들 사이로 새로이 한 명의 여자가 귀여운 종종걸음으로 합류하고 있다. 순간 경호 요원들의 시선이 날카롭게 번뜩이지만, 좋은 분위기를 깨가면서까지 경계의 수위를 높일 필요성까지는 없다고 판단한다. 그런 판단에는 몇 가지의 사항이 근거로 작용한다. 우선 새로이 합류한 그 여자가 다른 아가씨들과 같은 유니폼을 입지는 않았지만, 아래위로 블루 톤 블라우스와 정장 바지를 갖춰 입은 단정한 차림에서 커리어 우먼의 느낌이 물씬하다는 점, 또한 다른 아가씨들이 별로 거리끼는 기색 없이 선선히 자신들의 가운데로 끼워주는 모습에서는 규모가 상당한 대기업이다 보니 업무 특성상 유니폼을 입지 않는 부서가 있을 수도 있고, 혹은 외근이나 출장을 나갔다가 복귀하는 중이라 사복 차림일 수도 있다는 추정도 가능하다는 점, 그리고 혹시 그러한 추정에 다소간의 오류가 있는 경우라도 그들 모두가 여성이며 더욱이 몸에 달라붙는 단정한 차림에서는 무기를 숨기고 있을 가능성은 최소한 없어 보인다는 점 등등이다.

"대통령님, 같이 사진 찍어주세요!"

함께 기념사진을 찍고 싶다는 아가씨들의 열렬한 요청에 비서실장이 마침 대통령의 곁에서 얼쩡거리고 있는 김강한에게 재빠르게 눈짓을 보낸다. 그 눈짓에 시간에 쫓기는 다급한 심정이 고스란히 담겨 있다. 김강한이 감히 빼는 기색을 비치지 못하고 가까운 쪽의 대열 우측 끝단에 선 아가씨가 내미는 휴대폰을 얼른 건네받아 사진사로 나선다.

"자! 찍습니다! 모두 여기를 보시고 김~ 치~!"

그가 외치는 중에 아가씨들의 대열 중에서 가벼운 움직임이 있다. 기왕이면 대통령의 가까이에 서려는 귀여운 경쟁이랄까? 결국 대통령의 바로 왼쪽 곁을 차지한 것은 예의 그 블루톤 블라우스의 여자다. 김강한이 다시 외친다.

"자, 자! 하나~ 둘~ 셋!"

찰칵!

12:20 PM (2)

L백화점.

점심시간을 맞아 7층 식당가로 손님들이 몰리기 시작한다. 그런데 하필이면 통행이 제일 붐비는 에스컬레이터와 엘리베이터 주변에 건장한 사내들이 일고여덟 명씩이나 버티고 서 있으니 다른 손님들에게 방해가 되지 않을 수 없다. 손님들이 불편한 시선을 던지고 개중에는 노골적으로 언짢음을 표시하기도 한다. 그러나 사내들은 조금도 개의치 않고 오히려 위압적인 태도를 보이기까지 한다. 그런 데는 안전 요원 이충식이 더는 지켜보고 있을 수가 없어서 우선 가까이에 있는 엘리베이터 쪽으로 다가간다.

"저… 고객님들, 백화점 안전 요원입니다! 아까부터 계속 여기에 서 계시는데, 혹시 무슨 문제라도 있으십니까?"

이충식의 조심스러운 말에 사내들 중 하나가 성큼 앞으로 나서는데, 건장한 몸집이며 날카로운 눈빛만으로도 사뭇 위협적이다. 이충식이 반사적으로 몸에 긴장을 불어넣는데, 사내가 굵은 목소리를 낸다.

"우리는 경찰특공대입니다. 이곳 백화점 7층에 테러 징후가 있다는 첩보에 따라 긴급 경계를 서고 있는 중입니다! 위험 상황이 해제되면 철수할 테니 귀하께서는 원래의 위치로 돌아가서 하던 일을 계속하십시오."

이충식이 고개를 갸웃한다. 사내의 발음과 말투가 마치 책을 읽듯이 딱딱한 것도 있지만, 만약 사내의 말이 사실이라면 사무실에서 그에게 미리 무슨 연락이 있었을 텐데 아무 말도 들은 게 없어서이다.

"그래요? 잠시만 기다려 보십시오. 사무실에 확인을 좀 해 보겠습니다."

그리고 이충식이 무전기의 송신 버튼을 누를 때다. 사내의 주먹이 곧장 허공을 가른다.

펙!

이충식이 미처 피할 틈도 없이 관자놀이를 강타당하고 그대로 무너져 내리는 것을 뒤에 서 있던 다른 사내 둘이 재빨리 부축한다. 그리고 한쪽 구석의 기둥 옆에 놓인 벤치로 끌고 가 등받이에 기대 앉힌다. 근처를 지나던 몇몇 사람이 그 광경을 보았지만, 혹시라도 자신들에게까지 불똥이 튈까 두려워서인지 재빨리 외면하고는 총총히 다른 곳으로 가버린다.

12:25 PM

예의 그 대열 우측 끝에 선 아가씨에게 휴대폰을 돌려주던 중에 김강한은 설핏 찜찜한 느낌을 받는다. 그리고 그 찜찜함은 곧바로 한쪽 옆머리가 삐죽 서는 듯이 첨예한 느낌으로 그를 엄습한다. 그것은 그가 이전에 이미 몇 차례나 겪어본 유형의 느낌이기도 하다.

'살기?'

그가 흠칫 상기하며 시선을 대통령 쪽으로 주는데, 마침 대통령도 경악을 금치 못하고 있는 중이다. 예의 그 블루 톤 블라우스의 여자가 대통령의 바로 곁에 서서 몸을 밀착시킨 채 활짝 웃는 얼굴 그대로 가슴골 속에서 깜찍하도록 작아 장난감처럼 보이는 권총을 빼 들며 곧장 대통령의 머리를 겨눠가고 있는 중이다.

탕!

격렬한 총성이 울리는 순간, 대통령은 질끈 두 눈을 감는다. 그러나 붉은 피와 희멀건 뇌수가 터져 나오는 끔찍한 광경은 벌어지지 않는다. 찰나의 순간 권총의 총구가 위로 틀어지며 허공을 향해 격발된 까닭이다. 블루 톤 블라우스의 여자는 설핏 당황한 기색을 보이는 중에도 다시 권총의 방아쇠를 당긴다.

탕!

타탕!

연속해서 몇 발의 격렬한 총성이 다시 울리지만, 이번에도 허공을 향한 총격이다. 여자가 권총을 버린다. 그러고는 대통령의 품속으로 뛰어들며 한 손으로 목을 끌어안는데, 그런 그녀의 다른 한 손에는 반 뼘이 채 안 되어 보이는 작고 얇실한 칼날이 쥐어져 있다. 잠깐 햇볕에 반사된 칼날이 번뜩이며 대통령의 목을 그어간다.

"어엇?"

대통령이 소스라치게 놀라며 온 힘을 다해 여자를 밀쳐낸다. 그러나 그의 목을 끌어안은 여자의 완력은 대단해서 그는 꼼짝도 하지 못하고 고스란히 칼날을 받을 수밖에 없다.

"윽!"

대통령의 입에서 억눌린 비명이 터져 나온다. 그러나 이번에도 그의 목에서 붉은 핏줄기가 뿜어져 나오는 참변은 벌어지지 않는다. 간발의 차이로 김강한이 덮쳐들며 여자의 칼 든 손목을 잡아 비튼 덕분이다.

"차앗!"

표독스러운 기합 소리와 함께 여자가 대통령의 몸을 지렛대 삼아 빙글 회전하며 김강한의 얼굴을 차온다. 거침없고 날렵한 몸짓이다. 김강한이 대통령 때문에라도 여자의 손목을 놓아주지 않은 채로 오른팔과 어깨를 방패 삼아 내밀며 여자의 킥을 온전히 받아준다.

텅!

마치 속이 빈 고목 둥치를 세게 치는 듯한 소리에 이어 여자의 몸이 튕겨 나가는 것을 김강한이 그 허리 어림을 낚아채며 얼굴에다 일격을 가한다.

"악!"

여자가 짧은 비명을 토하고는 축 늘어진다. 김강한이 그제야 손목을 놓아주자 철퍼덕 바닥에 널브러져서는 그대로 움직임이 없다. 상황이 상황인지라 김강한이 사정을 봐주지 않은 탓이지만, 여자의 상태를 살필 여지도 없이 그는 곧장 대통령의 상태부터 살핀다. 대통령은 안색이 하얗게 질린 채로 여전히 왼 손바닥으로는 목을 감싸 안고서 얼어붙어 있는 모습이다. 하긴 바로 코앞에서 권총이 잇따라 격발되고, 다시 날카로운 칼날이 목을 그어왔으니 그럴 만도 하다. 대통령의 왼손을 가만히 떼어내고 목을 살핀 김강한이 나직이 안도의 한숨을 내쉰다. 멀쩡하다. 피부에는 칼날에 닿은 흔적조차 없다. 사실은 만일의 사태를 대비해 대통령의 주위에 넓은 범위로 외단을 미리 분포시켜 놓고 있던 중이다. 그리고 살기를 감지하는 순간 곧장 외단을 발동시켜 여자의 권총을 빗나가게 만들고 다시 칼을 꺼내 든 여자를 제압한 것이다. 그러나 그야말로 예측 불허의 상황이었으니 간발의 차이로 겨우 위기를 모면할 수 있었다.

"악!"

"아악!"

뒤늦게 소스라치는 비명이 터져 나온다. 대통령 주변에 섰던 그 이십여 명의 아가씨들이 일제히 질러낸 것이다. 억눌려 있던 공포가 이제야 터져 나온 것이리라. 그리고 또한 그때쯤에야 오재영을 비롯한 경호 일대의 십여 명 경호 요원들이 돌진하듯이 맹렬하게 달려와 대통령의 주변을 신속하게 둘러싼다. 추가적인 테러가 있을 것에 대비한 육탄의 방어벽이다. 뒤이어,

위용! 위이용!

사이렌 소리가 요란하게 울리며 십 수 대의 경찰차가 급하게 달려와 곧장 도로에 차벽을 만든다. 그리고 다시 그 너머로 오륙십 명의 경찰이 포진하며 시민들의 접근을 통제한다. 대통령의 계획된 동선을 따라 배치되어 외곽 경계와 교통 통제를 하고 있던 경찰 지원 인력이다.

"괜찮으십니까?"

일단의 경호 태세가 갖춰지는 것을 보고 나서 김강한이 대통령에게 묻는다. 그리고 그 말에야 새삼 정신을 추스른 듯이 대통령이 길게 한숨을 불어 내쉰다.

"휴우!"

안도이리라. 그런데 다시 그때다.

부릉!

부르릉!

부아아앙!

돌연한 굉음이 울려 퍼지며 도로 양편에서 수십 대의 오토바이가 맹렬히 달려오고 있다. 그 갑작스러운 사태에 외곽에 포진한 경찰들이 즉각 대응해 나가며 오토바이의 접근을 제지하려 할 때다.

타타탕!

타타타탕!

격렬한 총격 소리가 울린다. 오토바이에 타고 있는 자들이 일제히 기관단총을 난사한 것이다. 불의의 총격을 당한 경찰들이 속속 쓰러지는 중에 오토바이들은 무방비의 시민들을 향해서도 무차별적으로 총격을 가한다.

타타타탕!

타타타타탕!

"악!"

"아아악!"

비명 소리가 난무하며 곳곳에서 시민들이 쓰러지고, 또 공포에 질려 사방으로 흩어져 도망을 치며 주변 일대가 삽시간에 아비규환의 대혼란에 빠지고 만다. 도망치는 시민들 중에는 대통령이 있는 곳으로 무작정 달려오는 사람도 있다. 경호요원들과 경찰들의 보호를 받을 수 있으리라는 무작정의 기대에서일 것이다. 그런데 오토바이들이 그런 시민들 틈으로 섞이며 대통령이 있는 곳을 향해 질주해 오는 바람에 경찰차의 차벽마저도 제 역할을 하지 못하고 이내 무용지물로 화해 버린다.

타타타탕!

타타타타탕!

총탄이 빗발치는 중에 김강한은 대통령과 함께 일단 도로변에 설치된 대형 화단 뒤로 몸을 피한다. 그것 외에는 당장 엄폐물로 삼을 만한 것이 주변에 없어서이다. 오재영과 경호요원들이 또한 함께 움직이며 그 대형 화단을 방호벽으로 삼아 권총 응사에 나선다. 그러나 화력이며 인력 모두에서 확연하게 역부족이다. 이대로는 대통령의 안전을 확보할 수 없다.

"VIP 중심 밀집 방어 대형! 이동한다! 목표는 좌측 후방 삼십 미터 지점의 건물!"

오재영의 지시에 경호 요원들이 즉각 대통령의 주변을 둘러싼다. 지금 상황에선 육탄으로라도 대통령을 보호할 수밖에 없다. 그것이 경호 요원에게 주어진 최후의 임무이다.

"고! 고!"

오재영의 구호에 밀집대형이 잰걸음으로 움직이기 시작한다. 그러나 그들이 예의 그 대형 화단을 벗어나자마자 경호 요원 하나가 총격에 당해 쓰러진다.

"악!"

그러나 쓰러진 동료를 그대로 내버려 두고,

"고! 고! 고!"

오재영의 구호가 다급해진다. 그러나 그들이 다시 몇 걸음 움직이지도 못했을 때다.

부아아앙!

그들이 움직여 가는 방향 쪽에서 대여섯 대의 오토바이가 새로이 나타나며 맹렬하게 총격을 가해온다.

타타타탕!

타타타타타탕!

"윽!"

"악!"

경호 요원 둘이 다시 쓰러진다. 그리고 밀집대형은 어쩔 수 없이 다시 원래의 대형 화단 뒤로 후퇴한다. 오재영의 안색이 창백하게 변해 있다. 그들은 이제 완전히 포위를 당한 형국이 되고 만다. 유일하게 남은 희망은 지원 병력이다. 지원 병력이 출동했다는 사실은 이미 거듭 확인한 바다. 그러나 지원 병력이 도착할 때까지 걸릴 몇 분간을 버틸 수 있으리라고는 장담할 수가 없는 상황이다. 더욱이 이런 통제 불가의 혼란 상황에 서라면 지원 병력이 도착하기까지의 시간은 더 걸릴 것이다. 그렇게 되면 모든 게 끝장이다.

아아! 상황은 너무나 절망적이다.

12:25 PM (2)

L백화점.

타타탕!

타타타타탕!

난데없이 울려대는 총성에 7층은 삽시간에 아수라장이 되고 만다. 공포에 질린 사람들은 비명을 지르며 에스컬레이터며 비상구 쪽을 향해 내달린다. 그러나 7층에서 벗어나는 모든 통로는 기관단총과 권총 등으로 무장한 검은색 슈트의 괴한들에 의해 완전히 폐쇄되어 있다.

타타탕!

타타타타탕!

"아악!"

"아아악!"

격렬한 총성과 비명, 울부짖음이 사방에서 터져 나오는 중에 난폭한 고함 소리가 공간을 울린다.

"모두 제자리에 앉아! 말 듣지 않으면 다 죽여 버린다! 앉아!"

공포에 질린 사람들이 감히 주저하지 못하고 일제히 바닥에 주저앉는다. 그러자 검은색 슈트의 괴한들이 사람들에게서 휴대폰을 일괄 수거한다. 그리고 남자 십여 명을 일으켜 세워서는 방금 전의 총격에 사망한 십여 구의 시신을 한쪽 구석으로 치우게 하고, 다시 부상당한 십여 명을 레스토랑 한곳으로 옮기도록 한다. 이어서는 나머지 모두를 일렬로 세워 또한 레스토랑 안으로 몰아넣는다.

임무를 수행해야 할 때

도로 저편에서 검은색 세단 석 대가 전속력으로 달려오고 있다. 오재영의 얼굴빛이 설핏 밝아진다. 기다리던 지원 병력은 아니지만, 영화관 앞에 대기하고 있던 대통령 전용과 경호용의 방탄 차량이다.

타타탕!

타타타탕!

오토바이들이 방탄 차량의 진로를 방해하며 총격을 가한다. 그러나 방탄 차량은 속도를 늦추지 않고 거침없이 달린다. 그런 중에 방탄 차량과 부딪친 오토바이 두 대가 튕겨 나가 도로에 나동그라지는 걸 보고는 오재영이 허공에다 어퍼컷을

먹인다.

"예쓰!"

그 석 대의 방탄 차량이 경호 요원들의 바로 앞에 와서 급정지를 하며 일렬로 선다.

타타타탕!

타타타타탕!

오토바이들로부터 기관단총 사격이 집중되지만, 방탄 차량은 유리가 하얗게 변했을 뿐 끄떡없이 버텨낸다. 그럼으로써 그 석 대의 방탄 차량은 훌륭한 방호벽이 되어준다.

"대통령님! 차에 타십시오! 여기에서 벗어나야 합니다!"

오재영의 외침에 대통령이 잔뜩 허리를 숙인 채 차를 향해 움직인다. 김강한 역시도 그 곁을 따라붙는다. 그런데 그때다.

쐐애애앳!

뭔가 공기를 가르는 듯한 소리가 날카롭게 다가온다. 그리고 뒤이어 경호 요원 하나가 놀란 소리로 외친다.

"로켓포다! 모두 엎드려!"

그 경고에 김강한이 그대로 대통령을 덮치며 바닥에 넘어뜨린다. 그러곤 다시 자신의 몸으로 대통령의 몸을 덮는다.

쾅!

굉렬한 폭음과 함께 석 대 중 가운데의 방탄 차량이 허공으로 들리듯이 크게 들썩였다가는 겨우 중심을 잡고 선다. 운전석 쪽 측면에 로켓 포탄이 명중된 것이다. 그러나 역시 방탄 차량답게 운행이 불가능할 정도로 손상되진 않은 것 같다. 그러나 다시 그때다.

"또 온다!"

외침과 함께,

쐐애애앳!

예의 그 공기를 가르는 소리에 이어,

쾅!

두 번째의 폭음이 일며 방금 피격당한 방탄 차량이 다시금 크게 들썩인다. 그러더니 기어코는 휘청 넘어가며 전복되고 만다. 그걸로 끝이 아니다.

쐐애애앳!

쐐애애앳!

공기 가르는 소리가 연이어지며,

쾅!

쾅!

잇따른 폭음과 함께 나머지 두 대의 방탄 차량마저 피격되고 만다. 더욱이 이번의 로켓 포탄은 방탄 차량의 바퀴에 명중하며 두 대 모두의 차체가 풀썩 바닥으로 주저앉아 버린다. 뿐만 아니다. 방탄 차량을 엄폐물로 삼고 있던 경호 요원들까지 피격의 충격파의 의해, 또 차량의 부서진 파편에 맞아 부상을 당한다. 부상자 중에는 오재영도 있다. 그의 오른쪽 허벅지 외측 부위가 벌건 핏물로 홍건히 젖어들고 있다. 파편에

맞은 것이리라.

'이대로는 더 버틸 수 없다!'

김강한이 이윽고 판단한다. 경호 요원들로서는 역부족인 상황이고, 더욱이 로켓포 공격까지 받는 상황에서 계속 이 위치에 고립되어 있을 수는 없다. 이제는 그가 임무를 수행해야할 때다. VSGO로서의 임무를.

VIP가 이동한다!

"지금부터는 제가 하라는 대로 하십시오."

김강한의 나직한 그 말은 차라리 지시하는 투다. 그러나 대통령은 순순히 고개를 끄덕인다. 소위 VSGO라는 존재에 대해 내내 마뜩해하지 않았던 그다. 그러나 위기일발의 이 순간, 그가 목숨을 맡길 사람이 바로 VSGO란 것은 재고의 여지가 없는 분명한 사실이다.

"제 옆에 바짝 붙으십시오."

다시금 지시조의 말이지만, 선택의 여지가 없다고 판단한이상 대통령은 순순히 김강한에게 몸을 맡긴다. 그런데 김강한이 대통령의 어깨를 바짝 당겨 감싸 안을 때다.

"지금 무슨 짓을 하려는 거야?"

날카롭게 외치며 김강한을 향해 권총을 겨눈 것은 오재영이다. 한쪽 다리가 피투성이로 변해 있는 중에도 대통령에 대해 주의를 기울이고 있던 모양이다.

"괜찮네. 조 행정관이 하는 대로 두게."

대통령이 무겁게 말하며 고개를 끄덕여 보인다. 그런 데는 오재영이 잠깐 망설이는 기색 끝에 겨눈 총구를 거둔다. 그러나 그는 여전히 김강한을 노려보는 채로 묻는다.

"어떻게 할 셈이오?"

김강한이 도로를 따라 우측으로 사십 미터쯤의 지점에 있는 빌딩 하나를 가리킨다.

"VIP와 함께 일단 저기로 피할 생각이오."

"그다음엔?"

"모르겠소. 일단 저기까지 가고 나서 다시 판단해 봐야지."

"뭐요? 지금 그걸 말이라고……?"

오재영의 말이 확 거칠어진다. 그러나 대통령이 다시금 무겁게 고개를 끄덕여 보이는 터라 오재영은 짧게 한숨을 토하고는 고개를 숙이고 만다. 이어 그는 곁에 놓아둔 자동소총 한 자루를 김강한에게 건넨다. 그러나 김강한이 고개를 가로젓고는,

"그거 말고 다른 걸로 주시오."

하며 오재영이 손에 들고 있는 권총을 가리킨다. 오재영이 와중에도 가볍게 실소하며 권총을 건네고 주머니에서 새 탄창 하나를 꺼내 다시 건네며 묻는다.

"다룰 줄은 아시오?"

"뭐, 대충은······."

김강한의 그 대답에는 오재영이 다시금 인상을 확 쓰지만, 이제 와서는 그로서도 달리 어찌해 볼 노릇은 없을 터다. 그가 다시 한번 짧은 한숨을 토하고는 휘하의 경호 요원들을 향해 나직이 외친다.

"VIP가 이동한다! 전원 엄호사격 준비!"

김강한이 지체하지 않고 대통령과 함께 달려 나갈 태세를 갖추고, 오재영이 다시 명령을 내린다.

"사격 개시!"

타타탕!

타타타탕!

경호 요원들이 일제사격을 가하는 중에,

"지금! 고!"

오재영이 외치고, 김강한이 대통령을 이끌고 내달리기 시작한다. 곧바로 오토바이들의 집중사격이 그들에게로 퍼부어진다.

타타탕!

타타타탕!

타타타탕!

타타타타탕!

양측의 사격이 치열한 중에 대통령의 뜀걸음이 비칠대며 꼬이고 있다. 김강한이 이끄는 속도를 따라잡지 못한 때문이다.

김강한이 대통령의 몸을 안아 올려서는 아예 품에 안듯이 하고 계속 내달린다.

그냥 무조건 도망치는 겁니다!

김강한과 대통령은 이윽고 목표로 한 빌딩 앞에 당도한다. 그런데 그들이 막 빌딩 안으로 진입하려는 때다. 갑자기 머리 뒤쪽에서 공기 가르는 소리가 들린다.

쐐애애앳!

로켓포다. 김강한이 생각할 여지도 없이 그대로 대통령의 몸을 잡아채며 계단 옆의 막힌 공간 안으로 몸을 날린다.

쾅!

벼락이 치는 듯한 폭발음과 함께 빌딩의 입구가 대파된다. 유리 조각과 콘크리트 파편이 사방으로 비산하고 뒤이어 뿌연 먼지 더미가 산더미처럼 일어난다. 그런 중에 김강한은 재빨리 사방을 살핀다.

부우웅!

부아아앙!

요란한 오토바이의 굉음이 빠르게 가까워지고 있다. 적들이 어느새 따라붙어 포위망을 좁혀오고 있는 것이다.

탕!

타탕!

김강한이 접근해 오는 오토바이들을 향해 권총을 쏜다. 그러나 한 발도 명중시키지 못하는데, 권총 사격에 대해 제대로 훈련을 받은 적이 없으니 차라리 당연하다고 하겠다. 아무 소득도 없이 잠깐 만에 오재영이 준 새 탄창까지 소진해 버린 그는 권총을 던져 버린다. 그리고 흘깃 주위를 돌아보다가 발아래 떨어진 어른 주먹 크기의 콘크리트 파편 덩어리 하나를 집어 든다. 예전에 한 번 해본 짓을 떠올리면서이다. 차이가 있다면 그때는 유리 조각이고 지금은 콘크리트 조각이다.

파사삭!

가볍게 힘을 주자 콘크리트 덩어리가 그의 손아귀 안에서 작은 조각들로 부서진다. 그때다. 어느 틈에 가까이까지 다가온 오토바이 세 대가 총격을 가해온다.

타타탕!

타타타탕!

순간 김강한이 손아귀에 쥐고 있던 콘크리트 조각을 강하게 뿌려낸다.

파아앗!

내공이 실린 조각들이 날카로운 바람 소리를 내며 날아간다. 다음 순간 그 세 대의 오토바이가 나동그라지며 타고 있던 놈들이 도로 바닥으로 튕겨난다.

"아악!"

"크으윽!"

뒤늦게 비명을 토해내는 놈들의 모습이 참혹하다. 헬멧을 쓰고 있음에도 그 안쪽의 얼굴이 피투성이가 되어 있고, 검은색의 슈트 위로도 질펀하게 핏물이 번져 나오고 있다. 콘크리트 조각이 온몸에 박혀 버린 모양새다. 김강한의 염두가 다시 급하게 돈다. 여기서 이러고 있을 때가 아니다. 여전히 로켓포의 사정권에서 벗어나지 못하였으니 빌딩 안으로 피하는 것은 오히려 위험하다. 그렇다면 달리 선택의 여지가 없다. 다시 도망치는 수밖에.

"업히십시오!"

불쑥 등을 내미는 김강한에 대해 방금 로켓포의 충격 여파에서 미처 벗어나지 못하고 있던 대통령이 얼떨떨한 기색이 되며 고개를 가로젓는다.

"나는 괜찮네."

그러나 김강한이 간단히 무시하며 등을 들이댄다.

"제가 업고 뛰는 게 훨씬 더 빠릅니다! 그러니까 하라는 대로 하십시오! 지금 이러고 있을 시간이 없습니다!"

이쯤 되면 분명한 명령이다. 그러나 대통령이 더는 아무 군말 없이 김강한의 등에 업힌다. 그리고 김강한의 목에 팔을 감으면서는 쑥스러움 때문인지 나직이 묻는다.

"이제 어디로 갈 텐가?"

"모르겠습니다! 그냥 무조건 도망치는 겁니다!"

김강한이 빠르게 뱉고는 냅다 달리기 시작한다. 그사이 다시 거리를 좁혀온 대여섯 대의 오토바이가 맹렬하게 따라붙으며 총격을 가해온다.

타타타탕!

타타타타탕!

귓전 바로 옆으로,

핑!

피핑!

총탄이 스쳐 가는 살벌한 소리에 대통령은 차라리 질끈 두 눈을 감고 만다. 보지 않고 듣는 것만으로도 실감할 수 있다. 그들이 지금 그야말로 총알이 빗발치는 속을 뚫고 달려가고 있는 중이란 것을.

대통령이 김강한의 목에 두른 팔에다 한껏 힘을 주다가 이윽고는 아예 등판에다 얼굴을 파묻고 만다. 땀에 흠뻑 젖은 등판에서는 시큼한 냄새가 물씬 풍긴다. 그러나 대통령은 그런 것마저도 미처 인식하지 못한다.

시장

그토록 요란하던 오토바이 소리와 맹렬하던 총소리가 어느 결에 더 이상 들리지 않는다.

휫!

휘휫!

대신 바람 소리가 귓가를 스치고 있다. 대통령은 감고 있던 눈을 가만히 떠본다. 그들은 여전히 달리고 있는 중이다. 그런데 마치 차를 타고 달릴 때처럼 주변의 풍경이 뒤로 쭉쭉 밀려나고 있다. 그만큼 빠르다는 것이리라. 뒤늦은 놀람 겸 의문이 생긴다.

'어떻게 이렇게 빨리 달릴 수 있지?'

그때 문득 달리는 속도가 늦추어지더니 이내 멈춘다.

"그만 내리시죠!"

그 말에 대통령이 얼른 김강한의 등에서 내려서며 무안한 마음에 괜스레 사방을 둘러본다. 그들은 어느 왕복 이차선도로에 서 있다. 그런데 도로 양쪽으로는 가게들이 촘촘히 들어서 있고, 또 각종 노점상이 차선의 절반쯤을 차지하고 있는 중에 사람들이 도로를 인도 삼아 지나다니고 있다. 그리고 조금 더 앞쪽으로는 노점상들이 도로를 아예 다 차지하고 있는 광경이다.

시장이다. 사방으로 작은 골목이 나 있고 그 골목마다에 온갖 종류의 장사치와 손님이 가득 붐비는 풍경이다. 그런데 도심지의 빌딩 숲에서 그리 많이 벗어나지는 않은 위치인 것 같다는 점에서는 아마도 도심 개발 이전부터 내려오는 전통시장이리라.

어쨌든 시장은 시장이다. 시장답게 붐비고 복잡하며 소란스럽다. 얼마 떨어지지 않은 곳에서 대통령을 노린 테러가 발생하고 대대적으로 총격전까지 벌어졌는데도, 그리고 지금쯤이면 방송매체마다 테러에 대한 보도로 아주 난리가 났을 터인데도 이곳은 여전히 그저 시장일 뿐이다. 아직 모르는지, 혹은 알고도 무관심한지 모두는 팔고 사는 각자의 목적에만 충실해 보인다.

오늘 같은 날은 당연히 내가 사야지!

두 사람이 사통팔달로 난 골목 중의 하나를 무작정 택해서 조금쯤 더 안으로 들어갔을 때다. 사람들로 복잡한 중에 제법 길게 늘어선 줄이 하나 보인다. 줄의 시작은 어느 돼지국밥집인데, 지금 가게 앞에선 네 명의 종업원이 정신없이 돼지족발을 썰어대고 있다. 족발을 사기 위한 줄인 것이다. 가게 안쪽으로부터는 사골 국물 우려내는 냄새인지 구수한 냄새가 코를 자극한다. 슬쩍 들여다보니 제법 넓은 가게 안도 손님들로 북적이고 있다. 꽤나 유명한 맛집인가 보다.

"배 안 고프십니까?"

김강한이 불쑥 묻는 소리에 대통령이 가볍게 실소하며 고개를 끄덕인다.

"좀 출출하긴 하네. 그러고 보니 우리, 점심도 거르지 않았는가? 어때? 돼지국밥이나 한 그릇씩 할까? 맛있어 보이는데."

김강한이 가볍게 웃으며 앞장선다.

"들어가시죠. 제가 사겠습니다."

그러나 대통령이 김강한의 어깨를 덥석 잡아당긴다. 그러곤 자신이 성큼 앞으로 나선다.

"무슨 소리! 오늘 같은 날은 당연히 내가 사야지!"

닮아도 너무 닮은

"소주 한잔할까?"

돼지국밥 두 그릇을 주문해 놓고 나오기를 기다리던 중에 대통령이 슬쩍 묻는 소리다.

"술도 하십니까?"

김강한이 짐짓 놀랍다는 시늉으로 반문한다.

"음, 내가 원래 주당 소리를 듣던 사람일세. 그러나 이 노릇 하고 난 뒤로는 마음대로 취할 수도 없어서 이따금씩 반주로 한두 잔쯤 마시곤 하지."

마침 국밥이 나왔기에 김강한이 소주 한 병을 추가로 시킨다.

"오늘 고마웠네."

서로의 잔을 채워준 다음 잔을 내밀며 하는 대통령의 말에 김강한이 그저 희미하게 웃으며 가볍게 잔을 부딪친다.

"크으! 좋군! 술은 역시 소주가 최고야!"

대통령이 짐짓 과장되게 감탄사를 발하곤 국밥에서 고기

한 점을 건져 먹는다. 그때쯤에야 가게 안을 채우고 있던 손님 중 몇몇의 시선이 두 사람에게로 쏠린다. 대통령과 닮아도 너무 닮은 얼굴 때문일 것인데, 그러면서도 설마 하는 얼굴들이다. 정말 대통령이라면 적어도 수십 명의 경호원과 수행원이 따라붙었을 텐데 달랑 둘이 와서 돼지국밥에다 소주를 마실 일이 있겠는가? 더욱이 지금 가게 안쪽의 벽에 걸린 대형 TV에서는 대통령이 테러를 당했다는 긴급뉴스가 계속해서 흘러나오고 있는 중인데 말이다.

안 될 것 없지!

바깥이 소란스러워진 것은 그들이 막 국밥과 소주 한 병을 다 비우고 났을 때다. 멀리서부터 경찰 사이렌 소리가 요란하더니 이내 골목 전체에 경찰이 쫙 깔린다. 이어 청와대 경호실장을 선두로 한 경호 요원들과 또 비서실장을 위시한 보좌관 백여 명이 국밥집으로 들이닥친다.

가게 안의 손님들은 그제야 '대통령과 닮아도 너무 닮은 얼굴'의 그 사람이 진짜 대통령이라는 것을 알게 된다. 그리고 경호 요원들과 수행원들이 삼엄하게 경계를 하거나 말거나 손님 중의 몇몇이 재빠르게 대통령이 앉은 탁자로 다가든다.

"대통령님, 저희하고 셀카 한 번만 찍어주시면 안 될까요?"

스마트폰을 내밀며 부탁하는 젊은 남녀 한 쌍에 대해 대통령이 사람 좋은 미소를 떠올리며 포즈를 취해준다.

"안 될 것 없지요! 자, 이렇게 하면 되나요?"

대통령의 그런 모습에는 비서실장이 고개를 절레절레 내젓고 만다.

제6장
—
용기

현황

[현황 보고]

1. 영화관 인근 테러 현장
1)테러범 사상자 현황
—사망 9명(사살 4명, 나머지 5명은 총격에 의한 부상 후 독약을 삼키고 자살).
2)희생자 현황
—사망 27명(시민 11명, 경호 요원 및 경찰 16명).

—부상자 62명(시민 35명, 경호 요원 및 경찰 27명).

2. L백화점 테러 현장

1)테러범은 30여 명으로 추정됨.

2)시민 120여 명이 억류되어 있는 것으로 파악됨(현재까지 한 차례의 총격이 있었고, 다수의 사망자와 부상자가 발생한 것으로 보임. 사상자 현황은 파악 중임).

혼돈과 분노

국제사회에서 상대적인 테러 안전지대로 여겨지던 대한민국이다. 그러나 제2의 도시인 부산 도심지 두 곳에서 동시에 자행된 대규모 연쇄 테러에 한국은 일거에 국가적 혼돈 사태로 빠져들고 만다.

—국민 여러분! 테러로 인한 국가 위기 상황입니다! 사태의 신속한 수습과 인질의 안전을 확보하기 위해 정부는 모든 역량을 경주하고 있는 중이니 국민 여러분께서는 정부를 믿고 더 이상의 혼란이 발생하지 않도록 각자 현업에서 차분하게 대응해 주시기를 간곡히 당부드립니다!

백인호 대통령은 청와대로 복귀하는 전용기 안에서 국가비상사태를 선포하고 대국민 긴급 성명을 낸다. 그러나 대한민국은 충격과 경악에 이어 전 국민적으로 표출되는 분노에 온통 휩싸이고 만다.

분노는 우선 테러에 대해서이지만, 이내 정부에 대한 신랄한 질타로도 이어진다. 테러를 미연에 방지하지 못한 점과 이후의 대처와 진압 과정에서도 허점을 드러내고, 더욱이 현재 억류 중인 인질들에 대해서 즉각적이고도 분명한 구조 대책을 내놓지 못하고 있는 정부의 무능에 대한 질타이다.

요구 사항

─우리는 세계평화를 추구하는 반미 반제국주의 무장단체이고, 나는 동아시아 지부장 JK다! 우리는 지금 인질 123명을 억류하고 있다! 우리의 요구 조건은 두 가지다! 첫째, 현재 진행 중인 한미 군사훈련의 즉각적 중단! 둘째, 주한미군의 연내 철수 약속! 이 두 가지 요구 조건에 대해 한국 대통령이 직접 공개 수락하라! 그럼 즉시 인질을 석방하겠다! 지금 시각은 13시 30분! 지금부터 정확히 10시간 후, 즉 23시 30분까지 우리의 요구 조건이 관철되지 않는다면 인질 전원을 사살할 것이다! 그리고 우리의 요구 조건을 전면적으로 수용하는 것 이외에는 달리 그 어떤 협상도 없음을 미리 말해둔다!

L백화점 7층에서 인질을 억류하고 있는 테러범들이 케이블 방송 NBU와의 화상통화를 통해 공개한 요구 사항이다.

AAAIAG

[세계평화를 위한 반미 반제국주의 무장단체]

이 긴 이름에 대해 전 세계의 방송매체들은 즉시 간단한 약칭을 만들어낸다.

AAAIAG!

'Anti—Americanism Anti—Imperialism Armed Group'의 첫 글자로 '세계평화'는 빼고 '반미 반제국주의 무장단체'를 부각시킨 조어(造語)이다. 그리고 각종 해석이 쏟아지는데, 우선의 주요한 것은,

―테러 현장에서 부상당한 테러범들이 독약을 먹고 자살했다는 부분에서 그 수법이 2000년 이전 북한 공작원들이 자주 쓰던 수법과 유사하다!

―AAAIAG의 동아시아 지부장을 자처하는 JK의 주장으로 보아서도 AAAIAG는 북한과 관련되었을 가능성이 농후하다!

등등이다. 그러나 북한에서 예외적으로 신속하게 이번 테

러와 자신들과는 전혀 무관하다는 논평을 낸다. 그러자 다른 일각에서는 곧바로 이슬람 극단주의 무장 세력인 IS와의 연계설이 제기된다.

최우선의 원칙

긴급히 소집된 국가안전보장회의(NSC)에서 AAAIAG의 요구 사항에 대해 격렬하고도 절박한 토의가 이루어진다. 이미 일부의 사망자가 발생했거니와 여전히 백 수십여 명에 달하는 인질의 목숨이 걸려 있는 만큼 어떤 형태로든 테러범들과의 협상을 시도해야 한다는 의견과, 미국과 EU 등 서방국가에서도 '테러범과는 어떤 협상도 하지 않는다'는 기본 원칙을 철저히 고수하고 있는 만큼 우리도 그 원칙을 지켜야만 한다는 주장이 팽팽하게 대치된다.

30여 분가량이나 묵묵히 양측의 논쟁을 듣고 있던 백인호 대통령이 이윽고 무겁게 입을 연다.

"두 가지 의견을 다 반영합시다. 먼저 공식적으로는 테러범들과는 어떤 협상도 하지 않는다는 원칙을 견지하면서 한편으로는 테러범들과의 비밀 협상도 모색하자는 겁니다. 미리 말해두지만, 만약 비밀 협상으로 인질들의 안전이 보장된다면 난 주저 없이 그쪽을 택할 겁니다. 그것으로 인해 대내외적으로 어떤 비난이 쏟아진다 하더라도 나는 대통령으로서 '국가

는 어떤 경우에도 국민의 생명을 보호해야 한다'는 최우선의
원칙을 지킬 겁니다."

부탁

국가비상사태를 맞은 대통령은 정치적 동반자이자 복심인
최중건을 청와대로 불러들인다. 긴급하게 청와대에 들어온 최
중건은 대통령을 만나기 전에 잠깐의 짬을 낸다.

"이번에 참으로 수고가 많았네. 자네가 아니었더라면 정말
큰일이 날 뻔했어. 고맙네."

최중건의 치하를 김강한은 그저 무덤덤하게 받는다.

"누구를 위해서 한 건 아니니까 그런 말을 들을 까닭도 없
겠지요."

최중건이 쓰게 웃고 나서 다시 말을 꺼낸다.

"그런데… 자네에게 다시 한 가지 긴급한 부탁을 해도 되겠
나?"

"지금 벌어지고 있는 테러범들의 인질 사태와 관련해서입니
까?"

김강한의 반문에 최중건이 고개를 끄덕인다. 김강한이 잠시
간 그를 응시하다가는 차분하게 가라앉은 목소리로 다시 묻
는다.

"그게 세 번째 일인 겁니까?"

최중건이 아들 최도준의 죽음에 대해 일정 부분의 책임을 지운다는 뜻에서 세 가지의 일을 순차적으로 부여하겠다고 전에 말한 것에 대해서다. 최중건이 다시금 고개를 끄덕이고 나서 대답한다.

"그렇게 생각해도 좋네. 다만 내가 굳이 부탁이라고 하는 건 자네도 대한민국 국민의 한 사람으로서 자네의 그 놀라운 능력을 조국과 국민을 위해 다시 한번 써줄 것을 간곡히 부탁한다는 의미에서일세."

최중건의 그 말에 대해 김강한이 잠시간의 틈을 두고는 짐짓 무심한 듯이 묻는다.

"뭘 어떻게 하면 되는 겁니까?"

최중건이 가만한 미소를 떠올린다.

"고맙네. 자세한 내용은 대통령을 뵙고 난 뒤 다시 말해주겠네."

복안

"최 의장의 생각은 어떠시오?"

독대하여 대통령이 첫 마디로 던진 질문이다. 최중건이 잠시 생각하는 기색이다가는 오히려 반문한다.

"테러범과의 협상은 결코 없다는 미국의 기본 원칙이 어떻게 만들어졌는지 아십니까?"

대통령이 설핏 이마를 찌푸리며 받는다.

"글쎄… 그런 원칙도 어쨌든 절박한 고뇌 끝에 내린 결단이 아니겠소?"

"사실은 수학자들의 치밀한 계산을 통해 도출된 결론이라고 합니다."

"음, 그렇소?"

"협박을 당하는 쪽과 협박을 가하는 쪽 각각의 입장에서 가능한 모든 경우의 수를 매트릭스로 배열하고, 거기에 다시 발생 가능한 기타의 상황을 변수로 추가하여 수십 가지 경우의 수를 만든 다음 일어날 가능성이 좀 더 작은 것부터 하나씩 제거해 나갔다고 합니다. 그러자 마지막에 남은 결론이 바로 협박을 하는 상대와는 어떤 협상도 하지 않는다는 것이었답니다. 미국은 그런 결론에 입각하여 80년대 이후부터의 인질 테러 사건들에 대응했고, 그 결과 인질 테러 사건이 대폭 줄어들었다고 하지요. 테러범들을 가장 효과적으로 압박하면서 또 다른 테러에 대한 예방 효과까지 거두었다는 것입니다. 결국 인질 테러에 대한 그러한 기본 원칙은 단순히 고뇌에 찬 정치적 결단이 아니라 가장 냉철하고도 정확한 계산이라는 겁니다."

"으음!"

대통령이 무겁게 탄식하고 난 다음에 묻는다.

"그러니까 최 의장의 말은 협상을 포기하고 무력으로 진압

해야 한다는 겁니까?"

"그렇습니다."

최중건의 간단하여 차라리 냉정하게 느껴지는 대답에 대해 대통령이 무겁게 고개를 가로젓는다.

"나는 그 생각에 동의할 수 없소. 알고 있겠지만 이미 테러범들에게 조건을 제시했소. 인질을 해치지 않고 전원 석방하면 충분한 보상금과 함께 국외로 탈출할 안전 수단을 제공하겠다고."

"그러나 테러범들은 이미 자신들의 요구 조건을 분명하게 밝혔습니다. 한미 군사훈련의 즉각적 중단과 주한미군의 연내 철수 약속! 우리로서는 도저히 받아들일 수 없는 요구지요. 더욱이 테러범들은 자신들의 요구 조건이 수용되지 않으면 다른 어떤 협상도 없다는 것을 확실히 못 박기까지 했습니다."

"음!"

"그리고 이미 자행된 무차별적인 살상에서 보건대 저들은 더할 수 없이 잔혹한 자들입니다. 또한 부상당한 자들이 체포되기보다는 자결을 택한 것에서 유추해 볼 수 있는 것은 저들의 목적이 세계의 이목을 끌어 자신들의 주장을 알리는 데 있을 뿐, 보상금을 노리거나 자신들의 안전을 도모할 생각은 애초부터 없을 가능성이 크다는 점입니다. 그렇다면 우리가 현재의 방식으로 계속 접근하는 것은 저들의 의도에 농락을 당하는 것일뿐더러, 시간이나 끌다가 인질들을 구조할 마지막

타이밍마저 놓쳐 버림으로써 가장 비극적인 결과를 불러오게 될 겁니다."

"으음!"

대통령이 다시금의 침통한 탄식을 뱉고 나서 무겁게 가라앉은 목소리로 말을 꺼낸다.

"그러나 나로서는 조금의 가능성이라도 있다면 일단 협상을 시도해 보지 않을 수 없는 노릇 아니겠소? 대통령이 되어서 아무런 시도조차 해보지 않고서 인질의 안전을 아예 포기하는 것이 될 수도 있는 잔인한 선택을 어떻게 할 수 있겠느냐 말이오?"

최중건이 차라리 냉정하게 받는다.

"인질들의 안전을 포기하자는 것이 아닙니다. 희생을 각오하되 최소화하자는 겁니다."

"희생을 최소화한다? 무슨 복안이라도 있소?"

"테러범들이 장악하고 있는 현장에 한 사람을 투입하는 겁니다."

"한 사람을? 누구를 말이오?"

"대통령님의 보좌관 중 하나입니다."

그 말에 백인호 대통령이 설핏 의아해하다가는 이내 짧은 탄성을 뱉는다.

"아!"

고작 한 사람이 비무장으로 들어가겠다는 것

L백화점 주변.

전 세계의 이목이 집중된 가운데 초긴장의 대치 상황이 이어지고 있다. 경찰특공대가 물샐틈없이 건물 주변을 포위한 중에 다시 대테러 특임대의 요원 100여 명이 백화점 6층과 옥상에 배치되어 언제라도 테러 현장으로 투입될 준비를 갖추고 있다. 그들은 청와대의 결정만 기다리고 있는 중이다.

현재 시각 22시 30분.

테러범들이 예고한 시간인 23시 30분까지는 이제 1시간이 남은 그때다.

이윽고 청와대로부터 현장 지휘를 맡고 있는 경찰청 보안국장에게 지침이 하달된다. 보안국장은 즉각 테러범들의 리더인 JK와 통화를 시도하고, 이내 연결이 된다.

"JK, 대통령 보좌관 신분의 한 사람이 안으로 들어가서 당신을 만나고자 한다."

"이유는?"

"VIP의 최종 결심이 섰다. 단, 인질들의 안전부터 직접 확인하고 난 다음에 그 내용을 전달할 것이다."

"우리의 인내심은 이미 한계에 와 있다. 만약 지난번처럼 또다시 엉뚱한 조건을 내밀며 시답잖은 수작을 부리려는 것이면 예고한 시간까지 기다릴 것 없이 곧바로 인질의 처형을 시작할 것이다. 또한 경고하건대, 조금이라도 허튼수작을 부리려 한다면 자폭하여 건물을 통째로 날려 버릴 것이다."

"고작 한 사람이 비무장으로 들어가겠다는 것이다. 무슨 수작을 부리고 말고 할 여지가 없지 않은가?"

"좋다, 비상계단을 통해 진입하라."

진입

김강한이 6층에서 비상계단을 통해 7층으로 올라간다. 그가 7층 비상구 앞에 이르자, 검은색 슈트의 테러범 다섯이 총을 겨눈다.

"양손 등 뒤로!"

말을 듣지 않으면 곧장 방아쇠를 당길 기세에 김강한이 순순히 지시에 따른다.

철컥!

등 뒤로 돌려진 양 손목에 수갑이 채워지자, 그들은 이어 김강한의 신체를 수색한다. 여자도 아니고 사내들이, 더욱이 살벌한 기세의 테러범들이 몸을 더듬는 것이 달가울 리 없다. 그러나 역시 순순히 응할 수밖에. 미리 모든 소지품을 빼고 왔으니 금속 탐지기와 전파 탐지기로 보이는 장비까지 동원하고도 몸수색에서 나온 건 달랑 휴대폰 하나뿐이다. 테러범 중 하나가 곧장 휴대폰의 배터리부터 빼려고 시도하지만, 배터리 일체형이라 분리가 가능하지 않다. 그러자 놈이 아예 휴대폰을 바닥에다 내동댕이쳐 부숴 버리려는 것을 김강한이 급하게 외친다.

"잠깐! 그 휴대폰으로 대통령의 메시지가 전달될 것이오!"

그 말에는 놈이 멈칫하고는 휴대폰을 따로 챙긴다. 그러곤 김강한을 앞세워 안으로 데려간다.

상황

7층에 들어서면서 김강한은 시야에 들어오는 대로 층 전체의 상황을 훑는다. 대략으로 확인되는 테러범의 숫자는 스물다섯에서 서른 명 사이. 그들 모두는 자동소총과 권총 등의 개인화기로 무장했고, 수류탄도 몇 발씩 가지고 있다. 뿐만 아니다. 비상구와 에스컬레이터, 그리고 외벽의 대형 창문 등 외부에서 진입할 수 있는 통로와 위치를 향해서는 중화기인 기관총이 여러 정이나 설치되어 있다. 그리고 다시 안쪽에는 로켓포를 비롯해 그로서는 처음 보는 각종의 무기도 몇 군데로 나뉘어 벽면에 기대어져 있다.

'인질들은?'

대테러 특임대에서 특수 열화상 탐지 설비로 7층 내부의 테러범과 인질의 위치를 스캔하였고, 그 결과 인질은 가장 안쪽에 위치한 레스토랑 내에 모여 있는 걸로 파악한 바 있다.

대개는 오픈되어 있는 다른 가게들과는 달리 예의 그 레스토랑은 중세 시대 성(城)의 이미지를 표방한 듯 돌로 쌓은 성벽의 질감을 살린 벽체로 사방을 둘러치고 있다. 또한 중세의 성문을 축소시켜 놓은 듯 육중한 느낌을 살린 출입문이 닫혀 있는데, 그 안에 인질이 갇혀 있는 것이다.

최종 결심

"대통령의 최종 결심이란 게 뭔가?"

JK다. 그렇게 물을 수 있다는 것만으로도.

그런데 생각보다 젊다. 겨우 30대 중반쯤? 테러범답게 거칠고 냉혹한 인상의 소유자일 거라고 예상한 것과는 다르게 말간 얼굴에 차분한 인상이다. 다른 테러범들이 중무장한 것에 비해 특별히 무장이랄 것을 갖추지도 않았다. 그리하여 이런 대규모의 잔혹한 테러를 주도하고 있는 자라고는 믿기지 않을 정도이다. 다만 JK가 은연중에 풍겨내는 묘한 느낌은 김강한의 주의를 끄는 데가 있다. 우선은 JK의 눈빛 깊숙한 곳에서 번뜩이는 안광이다. 그것은 뭐랄까? 굳이 드러내지 않는 어떤 위압감 같아서 은연중에 사람을 누르고 경계하게 만드는 깊숙한 날카로움이다.

"당신들의 요구 사항을 전폭적으로 수용하겠다는 것이오!"

"호, 그래? 이건 좀 뜻밖인걸?"

JK가 짐짓 어깨를 추어올려 보인다. 그러면서도 깊숙한 눈빛으로 김강한을 집요하게 노려보던 그가 다시 묻는다.

"그래서? 우리의 두 가지 요구 조건에 대해 대통령이 직접 공개 수락을 하라고 했는데?"

"대통령께서 해당 내용이 담긴 성명서를 직접 낭독하는 동영상은 이미 촬영되었소! 내가 인질의 안전을 확인하고 난 다음에 청와대로 보고하면 그 동영상이 내 휴대폰으로 전송될 것이오! 그러면 당신들의 요구를 충분히 수용한 것이 되지 않겠소?"

"음!"

잠시 생각을 굴린 JK가 차갑게 웃으며 고개를 끄덕인다.

"좋아, 일단 인질들을 보여주지!"

JK가 따라오라는 시늉을 하고는 서슴없이 등을 보이며 성큼 앞장을 선다. 다른 사내 둘이 총구를 겨눈 채로 김강한의 뒤를 다시 따라붙지만, JK의 그런 대범함에서는 카리스마가 느껴진다.

하지만 어떻게?

예의 그 중세 시대 성문의 육중한 느낌을 살린 출입문이 열린다. 그리고 레스토랑 안으로 들어선 김강한의 시선이 곧장 향한 곳은 가장 안쪽의 벽이다. 즉 백화점 7층의 바깥 외벽이 되는 곳이다. 그곳은 대형 유리창이 벽의 상당 부분을 대신하고 있는데, 창밖으로는 도시의 전경이 펼쳐져 있다. 평소라면 시민들이 시원하게 트인 전망을 감상하며 식사를 즐기던 곳이 지금은 숨 막히는 공포가 가득한 지옥으로 돌변해 있는 것이다.

김강한의 시선이 다시 레스토랑 내부를 훑는다. 넓은 공간에 허리 높이의 칸막이로 크고 작은 공간이 구획되어 있다. 인질들은 각각의 공간 안에 배치된 테이블에 앉아 있거나, 혹은 부상당한 것으로 보이는 사람들 일부는 통로에 눕혀져 있는 모습도 보인다.

'입구 쪽에 하나, 창 쪽에 하나, 좌우 벽 쪽에 각 하나씩, 그리고 JK와 그를 따라온 둘! 총 일곱!'

김강한이 머릿속으로 테러범들의 위치를 정리한다. 일단 인질이 갇혀 있는 곳까지는 들어왔으니 다음의 관건은 여하히 인질들의 안전을 확보하는 것이다. 당장의 문제는 레스토랑의 내부 공간이 꽤나 넓고, 그로 인해 테러범 서로 간의 거리가 너무 멀리 떨어져 있다는 것이다. 일단 행동을 시작한다면 일곱을 한꺼번에 처리해야지, 그러지 못하고 하나라도 제거에 실패한다면 애꿎은 인질의 희생이 생길 수 있다.

'무슨 시도를 해보기 위해서는 테러범 일곱을 최대한 가까운 거리로 모이게 하든지, 그렇게는 아니더라도… 최소한 내가 저들의 가운데쯤에 위치해야 하는데……'

치열하게 염두를 굴리는 중에도 김강한이 짐짓 담담한 시선으로 주변을 돌아본다. 칸막이. 내부의 공간을 구획하는 허리 높이의 그것들 위로 몇 개의 화분이 진열되어 있다. 그리고 아마도 허브 종류이지 싶은 관상용 풀이 심어져 있는 화분에는 손톱만 한 크기의 하얗게 빛나는 작은 자갈이 수북이 깔려 있다.

하게 해줘도 할 수 없는 상황이라면

"으… 으으… 으……!"

고통스러운 신음 소리가 울리는 곳은 실내의 가운데쯤이다. 통로에 눕혀져 있는 부상자 하나가 고통을 호소하며 힘겹게 몸을 돌아눕고 있는데, 벌겋게 피로 물든 옆구리가 그제야 드러나고 있다. 김강한이 성큼성큼 그쪽을 향해 걸어간다. 그러자 JK와 함께 온 테러범 둘이 즉각 총구를 겨누며 날카롭게 외친다.

"함부로 행동하지 마라!"

그러나 김강한이 멈추지 않으며,

"부상자가 있지 않소? 상처가 얼마나 중한지 확인해 봐야겠소!"

말하면서 더욱 걸음을 빨리한다. 그 두 명의 테러범이 당황한 빛으로 JK를 보는데, JK가 설핏 미간을 찌푸렸다가는 가볍게 고갯짓을 한다. 그러자 두 테러범이 재빨리 김강한의 뒤를 쫓아간다. 김강한이 부상자의 곁에 다다라서 무릎을 꿇으며 자세히 살펴보자, 옆구리의 상처는 총상에 의한 것 같다. 그런

데 이미 쏟아낸 피의 양을 대중해 보는 것만으로도 위급해 보인다. 그가 주변을 돌아보며 크게 외친다.

"여기 혹시 의사나 간호사 안 계십니까? 계시면 응급조치를 부탁드리겠습니다! 이분 상태가 몹시 위급해 보입니다!"

그때다.

"정말 죽고 싶어?"

테러범 하나가 거칠게 외치며 자동소총의 개머리판으로 김강한의 어깨를 호되게 내리찍는다.

퍽!

그러나 김강한이 신음 소리도 없이 꿋꿋이 버텨내고는 그때쯤 천천한 걸음으로 이쪽을 향해 다가오고 있는 JK를 향해 외친다.

"당신들의 요구 조건을 들어주는 전제 조건은 인질들의 안전이고, 나는 그것을 확인하기 위해 여기에 왔소! 그런데 내 눈앞에서 죽어가는 사람을 보고도 응급조치조차 하지 못하게 한다면 나는 당신들을 신뢰할 수 없다고 보고할 수밖에 없소! 나는 이미 죽음을 각오하고 왔으니 결코 거짓 보고를 하지는 않을 거요!"

"입 닥쳐, 이 새끼야!"

곁의 테러범이 난폭하게 외치며 다시 자동소총의 개머리판을 치켜들 때다.

"그만!"

나직한 목소리는 JK의 것이다. 그가 차분하게 덧붙인다.

"지금 우리가 하고 있는 일은 세계평화를 위한 혁명 과업이야! 그리고 혁명에는 언제나 어쩔 수 없는 희생이 따르게 마련이지!"

김강한이 차분하게 받는다.

"혁명? 당신들한테는 이게 혁명인지 모르겠지만, 여기 있는 인질들에게는 다만 잔혹한 테러에 불과해! 그리고 지금 이 부상자에게는 응급조치가 그 어떤 혁명보다 더 중요하고 급해!"

"말귀를 못 알아듣는군! 좋아, 그럼 방향을 좀 바꿔보도록 하지! 현실적인 방향으로 말이야! 자, 우리가 응급조치를 하지 못하게 하는 게 아니라, 하게 해줘도 할 수 없는 상황이라면? 그럼 문제 될 게 없겠지?"

"무슨 소리요?"

"죽음을 각오하고 여기에 왔다고 했나?"

JK가 차갑게 묻더니 다시 주위를 돌아보며 외친다.

"자, 이 중에서 죽음을 각오하고 나설 의사나 간호사가 있는가?"

동시에 창가 쪽과 좌우 벽 쪽의 테러범들이 살기등등하게 사방을 향해 총구를 겨눈다. 그 소름 끼치는 위협에는 인질 모두가 감히 고개조차 들지 못하고 숨죽이며 침묵을 지킨다. JK가 냉소를 떠올리며 다시 김강한을 향한다.

"보았나? 저들 중에는 의사도 간호사도 없으니 그럼 응급조치를 하려고 해도 할 수 없는 상황으로 된 거 아닌가?"

용기

"여기요!"

창가 쪽에서 누군가 쭈뼛거리며 일어서고 있다. 인질 중의 한 사람인데, 머리가 하얗게 센 노신사다. 그러자 가까이에 있던 테러범이 곧장 노신사의 얼굴을 향해 총구를 들이대며 날카로운 소리로 위협한다.

"죽고 싶어? 앉아!"

그 살벌한 경고에 노신사가 멈칫하며 엉거주춤하니 다시 앉으려 하는 것을 김강한이 재빨리 외쳐 묻는다.

"의사십니까?"

"그렇… 소."

노신사가 떨리는 목소리로 겨우 대답한다.

"전 여러분의 안전을 확인하라는 대통령의 명령을 받고 온 사람입니다! 부디 용기를 내주십시오! 이쪽으로 오셔서 응급조치를 해주십시오! 우선 사람부터 살리고 봐야 하지 않겠습니까?"

그 말에 용기를 내는지 노신사가 힘겹게 다시 일어서며 조심스럽게 한 걸음을 뗀다. 다리가 확연히 후들거리는 모습에서 그 한 걸음은 몹시도 힘겨워 보인다. 그저 일개 시민일 뿐인 노신사로서는 참담한 공포 속에서 그 공포에 대응하는 엄청난 용기를 내고 있는 것이리라.

철컥!

노신사에게 총구를 겨누고 있던 테러범의 자동소총이 섬뜩한 기계음을 낸다. 순간 노신사는 흠칫하며 소스라치는 모습이다. 그러나 그 힘겨운 걸음을 멈추지는 않는다. 김강한이 외단을 전력으로 확장시킨다. 그때다. JK가 가볍게 한 손을 든다. 그리고 그것으로 장내의 긴장은 일시 완화된다.

처음 해보는 시도

부상자의 곁에 쪼그리고 앉아 상처 부위를 살핀 노신사가 김강한을 보며 말한다.

"우선 지혈부터 해야 합니다."

그러자 무심한 얼굴로 지켜보고 있던 JK가 차갑게 재촉한다.

"5분 준다. 그 안에 끝내도록."

김강한이 노신사와 시선을 맞추며 가만히 고개를 끄덕여 준다. 노신사가 가볍게 숨을 한 번 들이쉬고는 주변을 돌아보며 떨리지만 차분하고 분명한 목소리로 외친다.

"여러분! 깨끗한 손수건이나 면으로 된 머플러 같은 것들을 좀 모아주십시오!"

그러자 주위의 사람들 사이에서 아주 조심스럽고도 조용한 움직임이 시작된다. 여기저기에서 손에 손을 타고 손수건이며 머플러가 노신사에게로 옮겨진다.

노신사가 부상자의 옆구리 상처를 두껍게 압박하여 지혈하는 모습에 모든 이의 시선이 일시 집중되어 있을 때다. 김강한의 가까이에 있는 허리 높이의 칸막이 위에 놓인 화분에서 손톱만 한 자갈 네 개가 찰나간에 위로 떠오른다. 그리고 자석에 달라붙는 쇠붙이처럼 천장에 달라붙는다. 자갈이 작기도 하지만 하얀색이고 또한 하얀색인 천장의 색에 묻혀 눈에 잘 뜨이지 않는다. 그리고 그 네 개의 자갈은 천장에 붙은 채로 미끄러지듯이 움직인다. 좌우 양쪽과 입구, 창가 쪽을 향해서다. 그러나 그 조용하고도 은밀한 움직임을 인지한 사람은 없다.

그 네 개의 자갈을 움직이는 것은 외단이다. 그것의 세밀한 조종에 의해서다. 근래에 이르러 김강한은 외단의 확장과 축소, 그리고 집중에 있어서 상당한 진전과 숙련을 이루었다. 그러나 지금과 같이 그 집중도를 몇 군데로 분산하고 다시 그것들을 동시에 조종하는 형태의 운용은 처음으로 시도해 보는 중이다.

『강한 금강불괴되다』 6권에 계속…

초대형 24시 만화방

신간 100%, 샤워실, 흡연실, 수면실(침대석), 커플석, 세탁기 완비

■ 광명 광명사거리역점 ■

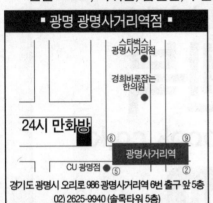

경기도 광명시 오리로 986 광명사거리역 6번 출구 앞 5층
02) 2625-9940 (솔목타워 5층)

■ 강북 노원역점 ■

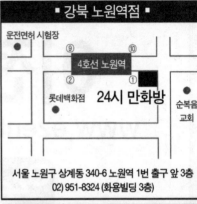

서울 노원구 상계동 340-6 노원역 1번 출구 앞 3층
02) 951-8324 (화용빌딩 3층)

■ 일산 정발산역점 ■

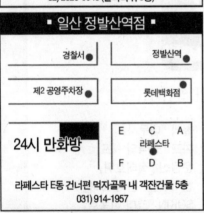

라페스타 E동 건너편 먹자골목 내 객잔건물 5층
031) 914-1957

■ 일산 화정역점 ■

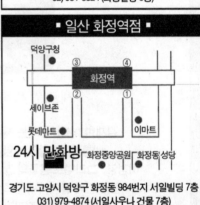

경기도 고양시 덕양구 화정동 984번지 서일빌딩 7층
031) 979-4874 (서일사우나 건물 7층)

■ 부천 역곡역점 ■

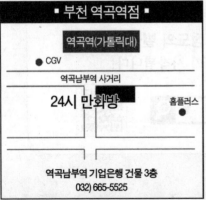

역곡남부역 기업은행 건물 3층
032) 665-5525

■ 부평역점 ■

(구)진선미 예식장 뒤 한신포차 건물 10층
032) 522-2871

너의 옷이 보여

킹묵 현대 판타지 소설
MODERN FANTASTIC STORY

꿈을 안고 입학한 디자인 스쿨에서
낙제의 전설을 쓴 우진.
실망한 채 고국으로 돌아오기 직전 교통사고를 당하고,
아무것도 보이지 않던 왼쪽 눈에
무언가가 보이기 시작한다.

그것도 어딘가 이상하게.

오직 그 사람만을 위한 세상에 단 한 벌뿐인 옷.
옷이 아닌 인생을 디자인하라!

디자이너 우진, 패션계에 한 획을 긋다!

Book Publishing CHUNGEORAM

유행이 아닌 자유추구 -
WWW.chungeoram.com

MODERN FANTASTIC STORY

강준현 현대 판타지 소설

주무르면 다고침!

희귀병을 고치는 마사지사가 있다?

트라우마를 겪은 후 내리막길을 걸어온 한두삼.
그는 모든 걸 포기하고 고향으로 향하게 된다.
그리고 그곳에서 특별한 능력을 얻게 되는데…….

"도대체 나한테 무슨 일이 생긴 거지?"

한두삼,
신비한 능력으로 인생이 뒤바뀌다!

Book Publishing CHUNGEORAM

유행이 아닌 자유추구 -
WWW.chungeoram.com

밥도둑
약선요리王왕

가프 현대 판타지 소설

MODERN FANTASTIC STORY

유치원 편식 교정 요리사로 희망이 절벽인 삶을 살던
3류 출장 요리사.

압사 직전의 일상에 일대 행운이 찾아왔다.

[인류 운명 시스템으로부터 인생 반전 특별 수혜자로 당첨되었습니다.]
[운명 수정의 기회를 드립니다.]
[현자급 세 전생이 이룬 업적에서 권능을 부여합니다.]
─요리 시조의 전생으로부터 서른세 가지 신성수와 필살기 권능을 공유합니다.
─원조 대령숙수의 전생으로부터 식재료 선별과 뼈, 씨 제거법 권능을 공유합니다.
─조선 후기 명의의 전생으로부터 식치와 체질 리딩의 권능을 공유합니다.

동의보감 서른세 가지 신성수를 앞세워
요리의 역사를 다시 쓰는 약선요리왕.
천하진미인가, 천하명약인가? 치명적 클래스의 셰프가 왔다!

Book Publishing CHUNGEORAM

실명 무사

김문형 新무협 판타지 소설
FANTASTIC ORIENTAL HEROES

**망자가 우글거리는 지하 감옥에서
깨어난 백면서생 무명(無名).**

그런데, 자신의 이름과 과거가 기억나지 않는다?
잃어버린 기억을 되찾기 위해 망자 멸절 계획의 일원이 되는 무명.

**망자 무리는 죽음의 기운을 풍기며
점차 중원을 잠식해 들어가는데……!**

"나는 황궁에 남아서 내가 누구인지 알아낼 것이오."

**중원 천하를 지키기 위한
무명의 싸움이 드디어 시작된다!**

Book Publishing CHUNGEORAM

유행이 아닌 자유추구 -
WWW.chungeoram.com